LE BONHEUR DES PETITS POISSONS

Sinologue et écrivain, Simon Leys est né en 1935 à Bruxelles. Après avoir vécu longtemps en Chine, il s'est installé en 1970 en Australie, où il enseigne la langue et la littérature chinoises. Membre de l'Académie royale de langue et de littérature françaises de Belgique, il a obtenu le prix Renaudot de l'essai en 2001 pour *Protée et autres essais*, le prix Guizot en 2003 pour *Les Naufragés du Batavia* et le prix Cino Del Duca, en 2005, pour l'ensemble de son œuvre.

SIMON LEYS

Le Bonheur des petits poissons

Lettres des Antipodes

JC LATTÈS

ISBN : 978-2-253-12604-1 – 1re publication LGF

Pour Hanfang

Note de l'auteur

Le présent recueil contient toutes les chroniques que j'ai publiées pendant deux ans dans le *Magazine littéraire* (2005-2006), ainsi que quelques chroniques plus anciennes, parues sporadiquement dans d'autres revues (*Écrivain*, *Nouvelle Revue Française*, *Lire*).

« Les bonnes idées sont rares », disait Einstein (qui s'y connaissait un peu), « et elles ne surviennent qu'à long intervalle. » Le chroniqueur qui doit remettre sa copie à date fixe est bien placé pour apprécier la vérité de cette observation ; il est hanté par la crainte de se répéter. Et comme il envie cette supériorité naturelle du peintre sur l'écrivain ! Regardez Morandi, par exemple : l'essentiel de son œuvre ne nous montre guère que trois petites boîtes et deux petites bouteilles ; de temps à autre, il déplaçait une petite boîte ou changeait une petite bouteille ; chaque fois cela donnait une composition neuve, une note de couleur différente – et donc une autre peinture, également exquise.

Me relisant sur épreuves, je me suis aperçu de certaines redites – la même petite boîte, la même petite bouteille ont refait surface çà et là. Ce n'est pas par négligence que je les ai conservées – simplement, il y a des idées auxquelles on tient. Puis-je compter sur l'indulgence des lecteurs qui les partagent ?

S. L.
Canberra, novembre, 2007

Le bonheur des petits poissons

Le savoir depuis le haut du pont

Samuel Butler compare la vie à un solo de violon qu'il nous faut jouer en public tout en apprenant la technique de l'instrument au fur et à mesure de l'exécution. Bonne description – et qui s'applique aussi à la mort : Edmund Knox (ancien rédacteur de *Punch)*, agonisant d'un cancer, remarquait gentiment : « L'ennui avec ces choses-là, c'est qu'on en a si peu la pratique. »

La vie nous soumet à des tests auxquels nous devons instantanément improviser des réponses. Mais le talent de repartie n'est pas donné à tout le monde : tantôt nous répondons à côté, tantôt nous restons muets – et Valéry avait raison d'assimiler l'ensemble de la littérature à une vaste « vengeance de l'esprit de l'escalier ».

Il y a longtemps, lors d'un trivial incident dont la pleine signification ne m'apparut qu'après coup, je suis resté coi – et le souvenir m'en brûle encore. C'était lors d'un symposium d'historiens, organisé par une respectable université. Un vieux professeur spécialement invité de l'étranger avait juste achevé de parler de la peinture de paysage des Song quand un jeune universitaire local s'empara de la tribune et se lança dans une dénonciation longue et passionnée de la communication de son savant aîné. Sa diatribe n'était pas bien originale – elle charriait tous les lieux communs de la vague maoïste alors à la mode. Soutenu par une claque vigoureuse d'admirateurs indigènes, le tribun révolutionnaire nous expliqua qu'il fallait être aveuglé par tous les préjugés de l'élitisme bourgeois pour admirer la peinture chinoise ancienne, œuvre d'exploiteurs et de parasites, tandis que le véritable art de la Chine – que les mandarins académiques s'obstinaient à ignorer – était produit par les masses populaires de paysans, ouvriers et soldats. Bref, tout le refrain familier de l'époque – bien oublié maintenant. La violence de cette attaque surprit le vieux professeur, homme frêle et raffiné, mais il demeura silencieux. Il ne restait d'ailleurs plus de temps pour la discussion, et le président de la session leva hâtivement la séance.

Dans l'assistance, composée en majorité de gens éduqués et courtois, on avait senti passer un très réel embarras ; mais, en général, quand des personnes décentes sont confrontées à une indécence massive, elles s'emploient par tous les moyens à faire comme si de rien n'était.

En fait, le plus choquant de l'affaire, ce n'avait pas été les vociférations banales du jeune énergumène, mais notre silence à tous. J'appréciai soudain la vérité du mot de Hugo « tout savant est un peu cadavre ». Cette assemblée académique ne sentait pas bon.

Tout en désapprouvant le manque de manières de

leur bouillant collègue, la plupart de ces universitaires estimaient au fond que, dans un débat intellectuel, toute opinion est estimable ; nul ne semblait comprendre que ce que l'on venait d'entendre n'était pas une opinion parmi d'autres, mais bien un constat de décès de l'idée même de l'université. En effet, ce que le jeune idéologue avait proclamé – sans susciter la moindre réfutation – c'était l'illégitimité des jugements de valeur ; mais si la vérité n'est qu'un préjugé de classe, toute l'entreprise universitaire se trouve réduite à une farce absurde. Comment pourrait-on étudier, par exemple, la littérature et les arts sans se référer à la notion de *qualité* littéraire et artistique ? Sans cette référence, les bandes dessinées de Superman et les feuilletons sentimentaux de Barbara Cartland doivent constituer un sujet d'étude aussi valable que les œuvres de Shakespeare et de Michel-Ange. C'est là, du reste, la conclusion qu'a largement adoptée l'université aujourd'hui.

Dans une lettre (trop peu connue), Hannah Arendt a rappelé que la Vérité n'est pas un résultat de la réflexion – elle en est la précondition et le point de départ : sans une expérience préalable de la Vérité, nulle réflexion ne peut se développer. Mais cette évidence indiscutable des premiers principes avait déjà été illustrée il y a deux mille trois cents ans par un apologue célèbre de Zhuang Zi :

Zhuang Zi et le logicien Hui Zi se promenaient sur le pont de la rivière Hao. Zhuang Zi observa : « Voyez les petits poissons qui frétillent, agiles et libres ; comme ils sont heureux ! » Hui Zi objecta : « Vous n'êtes pas un poisson ; d'où tenez-vous que les poissons sont heureux ? – Vous n'êtes pas moi, comment pouvez-vous savoir ce que je sais du bonheur des poissons ? – Je vous accorde que je ne suis pas vous et, dès lors, ne puis savoir ce que vous savez. Mais comme vous n'êtes pas un poisson, vous ne pouvez savoir si les poissons sont heureux. – Reprenons les choses par le commencement, rétorqua Zhuang Zi, quand vous m'avez demandé "d'où tenez-vous que les poissons sont heureux" la forme même de votre question impliquait que vous saviez que je le sais. Mais maintenant, si vous voulez savoir *d'où* je le sais – eh bien, je le sais du haut du pont. »

Une excursion en Nouvelle-Angleterre

Les maladroits sarcasmes lancés par le bras droit du président Bush à l'adresse de la « vieille » Europe ne devraient pas faire oublier qu'il y eut aussi une « vieille » Amérique, dont le raffinement et l'humanisme ne le cédaient en rien à ceux de ses cousins européens. Kipling, qui s'installa un temps dans le Vermont, tomba sous le charme de la Nouvelle-Angleterre ; il l'évoque dans *Something of Myself*, où il rapporte une anecdote vécue par un ami, professeur à Harvard. Cet universitaire se promenait à la campagne avec un collègue, dans une voiture attelée. Les deux professeurs qui étaient en train de débattre un profond problème d'éthique s'arrêtèrent un moment chez un vieux paysan de leur connaissance pour abreuver leur cheval. Tandis que le paysan, taciturne, comme on l'est dans ce pays-là, s'occupait d'apporter un seau d'eau, les deux amis restés sur leur siège poursuivirent leur discussion. « Selon Montaigne… », dit l'un, et il appuya son argument d'une citation, quand le paysan qui tenait toujours son seau intervint : « C'était point Montaigne qu'a dit ça, c'était Montes-ki-ew. » (Et il avait raison.)

À l'époque d'Emerson et de Thoreau, Concord

n'était qu'un village, mais qui respirait la culture tout autant que le Weimar de Goethe. La tante d'Emerson, une femme remarquable qui s'était éduquée elle-même, s'était prise d'enthousiasme pour un ouvrage en vers dont elle n'avait trouvé qu'un exemplaire dépareillé, sans couverture ni page de titre. Elle n'apprit que bien plus tard, et par hasard, qu'il s'agissait en fait du *Paradis perdu* de Milton. Cette anecdote m'enchante, car elle touche à l'essence même de la culture : l'honnête homme ne se laisse pas impressionner par la signature au bas de l'œuvre, mais seulement par la qualité de l'œuvre elle-même. Inutile de vous rappeler ici la farce drôle et féroce qu'un journaliste a récemment jouée à dix grands éditeurs parisiens (vous en aurez appris les détails avant moi, mais son écho est quand même parvenu jusqu'aux antipodes) : le cruel plaisantin leur avait soumis *Les Chants de Maldoror*, en changeant seulement le nom de l'auteur et le titre. Tous les éditeurs – à une exception près (honneur à Gallimard, qui sut reconnaître son bien !) – refusèrent ce texte, le jugeant dénué d'intérêt. Mais ce qui est choquant dans cette édifiante histoire, c'est moins l'incapacité de reconnaître une œuvre célèbre – ce qui dénote seulement un manque de mémoire ou d'information – que l'incapacité de détecter une œuvre géniale – ce qui trahit une atrophie du goût.

Seul le jugement de la postérité peut donner des béquilles au goût défaillant, en balisant clairement les œuvres qu'il lui conviendrait d'admirer. Ainsi Sainte-Beuve a pu commenter avec finesse les valeurs établies, tandis qu'il tâtonnait en aveugle parmi les ouvrages contemporains.

Péguy avait tort de mettre en question la justesse de ce verdict de la postérité. Pourquoi les hommes de demain seraient-ils moins stupides que nous ? disait-il : la postérité c'est simplement nous-mêmes – plus tard. Mais précisément, n'est-ce pas le passage du temps qui, parfois, nous permet d'y voir finalement plus clair ? Adolescent, on s'éprend pêle-mêle de chefs-d'œuvre et de fausses valeurs. L'âge venant, il se fait un tri, et l'on découvre progressivement les merveilles plus profondes et plus secrètes que l'on avait tout d'abord ignorées.

Simone Weil pensait que, lorsque quelqu'un a quelque chose d'original à dire, il ne saurait être entendu de personne au début, sauf de ceux qui l'aiment. Claude Roy a poussé plus loin la logique de cette idée : « L'écrivain se livre et se délivre. Dire qu'on aime son œuvre c'est dire que l'on aime l'auteur. Dire qu'on n'aime pas l'œuvre, c'est faire à un être vivant une déclaration d'inimitié. Aussi, les écrivains sont-ils plus vulnérables que les ébénistes aux critiques sur leurs travaux. On croit que le jugement porte sur ce qu'ils *font*. Mais non : sur ce qu'ils *sont*. »

Ce dernier propos éclaire en tout cas les réactions ambivalentes éprouvées par les écrivains à l'endroit de leurs critiques. Presque tous en conviennent : nul critique, bien ou mal disposé à leur égard, n'a jamais rien pu leur enseigner d'utile ou d'important concernant leur métier. Et beaucoup ajoutent que d'ailleurs ils ne lisent pas les critiques. Sur le premier point, je crois qu'ils disent vrai, mais sur le second, je doute de leur sincérité. Dans un livre savoureux, *The Spooky Art*, où, à la veille de ses quatre-vingts ans, Norman Mailer a rassemblé les expériences de sa longue carrière, il fait sur cette question un aveu d'une désarmante franchise : « Je n'imagine pas comment je pourrais jamais m'abstenir de lire le compte rendu d'un de mes livres. Ce serait comme si l'on s'abstenait de regarder une femme nue qui se trouverait par hasard devant sa fenêtre ouverte : laide ou jolie, en pareille circonstance, elle est indéniablement intéressante. »

« Cosa mentale »

Action supérieure de l'inaction

Vasari, décrivant la façon dont Léonard de Vinci travaillait à la *Cène* dans le réfectoire de Sainte-Marie-des-Grâces, raconte que le prieur était irrité des longs intervalles d'inaction que s'octroyait le peintre : il arrivait en effet que celui-ci passât toute une demi-journée à contempler le mur sans toucher à ses pinceaux. Le prieur, qui aurait bien voulu voir Léonard besogner d'arrache-pied comme les jardiniers qui bêchaient son potager, demanda finalement au duc Sforza d'engager l'artiste à s'activer un peu. Le duc interrogea donc ce dernier sur les raisons de sa lenteur ; sachant qu'il avait affaire à un esprit supérieur, Léonard fut tout disposé à lui expliquer les secrets de l'art de peindre : « Les hommes de génie accomplissent parfois le plus quand ils agissent le moins, car ils doivent méditer leurs inventions et former dans leur esprit les idées parfaites qu'ils exprimeront subséquemment en les reproduisant avec leurs mains. »

Ce propos semble sorti d'un de ces traités que les peintres chinois ont écrits sur leur art, et le récit de

Vasari pourrait faire pendant à un passage de Zhuang Zi : un prince voulait faire exécuter des peintures dans son palais ; une foule de peintres répondirent à son invitation et, après avoir présenté leurs respects, ils s'affairèrent aussitôt devant lui, léchant leurs pinceaux et broyant leur encre. Un seul, toutefois, arriva après tous les autres ; sans se presser, il salua le prince au passage, puis disparut en coulisses. Intrigué, le prince chargea un serviteur d'aller voir ce qu'il faisait. Le serviteur revint, tout perplexe : « Cet individu s'est déshabillé et il est assis demi-nu, à ne rien faire. — Splendide ! s'écria le prince, celui-là fera l'affaire : c'est un vrai peintre ! »

Les Chinois considèrent que « peindre est surtout difficile avant de peindre », car « l'idée doit précéder le pinceau ». Aussi, la notion que la peinture est « *cosa mentale* » a-t-elle toujours été évidente pour eux. En Occident, c'est au contraire la définition de Jackson Pollock, « *painting is something physical* », qui semble avoir plus généralement prédominé. Dans la peinture occidentale, en effet, il est relativement rare que l'œuvre constitue la simple projection d'une vision intérieure préexistante ; bien plus souvent, la peinture résulte d'un dialogue, voire même d'un corps à corps que l'artiste engage avec sa toile – situation bien décrite par l'axiome de Dufy : « Il faut savoir abandonner la peinture qu'on voulait faire au profit de celle qui se fait. » La psychologie de la perception distingue deux types d'images : il y a les images de la « mémoire primaire », dont – par exemple – se sert le peintre qui travaille d'après nature ; elles ne durent qu'un instant, le temps qu'il met pour transférer son regard du modèle à la toile ; et il y a les images de la « mémoire secondaire », appelées aussi images « eidétiques » : l'esprit les emmagasine comme le ferait une caméra, et puis, quand il souhaite consulter ces clichés, il se les projette sur un écran mental où ils réapparaissent dans toute leur complexité. L'imagination eidétique se rencontre souvent à l'état spontané chez les enfants, mais on peut aussi la cultiver méthodiquement. L'étude et l'exercice de l'écriture idéographique ont probablement favorisé le développement de cette faculté chez les peintres chinois, de même que la pratique de la méditation enseignée par le taoïsme et le bouddhisme chan. Ajoutez à cela toute la technique de la peinture chinoise : la nature même de ses instruments – encre et pinceau – , ne tolérant ni hésitations ni repentirs, exclut largement la possibilité de travailler à partir des images de la « mémoire primaire » (d'après nature) et exige au contraire une exécution instantanée, exempte de retouches. Pour l'artiste, il s'agit en effet de restituer d'un jet l'image qu'il s'était formée dans l'esprit avant de prendre le pinceau ; et quand le pinceau attaque le papier, c'est d'un mouvement foudroyant et sans retour, « comme le faucon qui fond sur un lièvre ».

Une anecdote de la vie de Daumier montre d'ailleurs que cette forme de création n'est pas entièrement absente de la peinture occidentale. Daumier vint un jour trouver un voisin de campagne : « J'ai besoin d'un canard pour une lithographie, mais j'ai oublié comment c'est fait. Peux-tu m'en montrer un ? » L'ami le conduisit à la mare au fond de son jardin et, comme Daumier s'absorbait dans la contemplation des canards, l'autre lui demanda : « Veux-tu un carnet et un crayon ? » « Penses-tu ! *Je ne peux pas dessiner d'après nature* ! » Enfin, l'image des canards gravée dans son esprit, Daumier prit congé. Et la semaine suivante, le *Charivari* publiait des canards signés Daumier, d'une vie et d'une vérité saisissantes.

Le philosophe Alain (suivi sur ce point par Sartre, dans *L'Imaginaire*), croyant qu'il y avait une différence essentielle entre le perçu et l'imaginé, se moquait de ces gens qui prétendent *voir* le Panthéon sans être en face de lui ; « Combien lui voyez-vous de colonnes ? » Mais en fait, un peintre Song, ou un Vinci, ou un Daumier n'auraient probablement pas trouvé saugrenu de compter les colonnes de leur Panthéon mental.

En attendant monsieur Wu

L'art de la litote, des blancs et de l'absence

Le mois passé, parlant ici de Vinci et de Daumier, j'avais évoqué le phénomène des « images eidétiques » – ces visions mentales, d'une précision presque hallucinatoire, que réussissent à cultiver certains peintres. J'aurais dû souligner que cette forme d'imagination n'est nullement confinée aux seuls arts visuels ; elle se rencontre aussi, et surtout, chez les écrivains. Flaubert s'est expliqué là-dessus : « Quand j'écrivais l'empoisonnement de Madame Bovary, j'avais si bien le goût de l'arsenic dans la bouche, j'étais si bien empoisonné moi-même, que je me suis donné deux indigestions coup sur coup – deux indigestions réelles, car j'ai vomi tout mon dîner [...]. Il y a bien des détails que je n'écris pas. Ainsi, pour moi, M. Homais est légèrement marqué de petite vérole. Dans le passage que j'écris immédiatement, je vois tout un mobilier (y compris des taches sur les meubles) dont il ne sera pas dit un mot... »

Il ne suffit pas à l'artiste d'avoir la vision de son sujet. Pour restituer cette vision dans toute son intensité ; il doit la suggérer par la litote (« Il y a bien des détails que je n'écris pas »). Balzac, par exemple, possédait la vision mais ignorait la litote à un point qui a souvent exaspéré ses meilleurs lecteurs. Ainsi Robert Louis Stevenson confiait à un intime : « Balzac est une espèce de Shakespeare balbutiant, écrasé sous un excès de détails forcés mais faibles. Il est ahurissant de constater combien il peut parfois être mauvais, et faux, et ennuyeux – mais aussi, bien sûr, superbe et puissant dès qu'il s'abandonne à son tempérament. Mais même alors, jamais simple ni clair. Il ne pouvait rien laisser sous-entendu, et aussi finissait-il souvent par sombrer sous une profusion d'accessoires incongrus. Ah, mon Dieu ! il n'y a qu'un seul art : l'art d'omettre ! Oh, si seulement j'avais le talent de couper, je n'ambitionnerais nul autre don. Un écrivain qui saurait comment couper pourrait transformer n'importe quelle gazette quotidienne en une épopée homérique. »

Cette puissance expressive des « blancs » du récit est d'ailleurs confirmée par les initiatives de la censure : c'est quand Madame Bovary disparaît pour quelques heures avec son amant dans un fiacre dont on ne voit plus que les stores hermétiquement clos, que les censeurs ont vraiment commencé à s'affoler. Et quel livre était-ce donc (de Jean Genet, je crois ?) dont la version intégrale se révéla finalement bien moins choquante que la version censurée qui l'avait précédée ? Nul écrivain ne dispose d'une puissance verbale qui pourrait rivaliser avec l'imagination de ses lecteurs ; aussi tout son art est-il de jouer sur ce clavier-là.

J'ai fait une curieuse expérience en revoyant récemment (vingt ans après), en trois soirées consécutives (neuf heures de bonheur !), l'adaptation télévisée de *Retour à Brideshead*, d'Evelyn Waugh. J'avais gardé un souvenir vivace d'un personnage secondaire, Mrs Muspratt – la fiancée de Brideshead (chez Waugh, les personnages secondaires sont toujours croqués avec une vie, une acuité et une drôlerie mémorables) ; mais je ne parvenais pas à me rappeler le visage de l'actrice qui l'incarnait. Mère de famille, veuve d'un amiral qui collectionnait les boîtes d'allumettes, femme plantureuse et bien conservée (mais plus âgée qu'elle ne l'avouait), Beryl Muspratt inspire simultanément la passion fervente de son naïf fiancé, l'hostilité acerbe de son futur beau-père, l'ironie moqueuse de sa future belle-sœur et la sympathie amusée du narrateur. Il n'était pas étonnant que j'eusse oublié son visage : nulle actrice n'a interprété ce rôle, car en fait, le personnage n'apparaît jamais en scène ; la série télévisée est d'ailleurs scrupuleusement fidèle au livre, dans lequel Mrs Muspratt ne nous est présentée qu'à travers quelques propos, fragmentaires et contradictoires, échangés par les autres personnages.

Un effet assez semblable est décrit par Orson Welles (commentant son rôle de Harry Lime dans *Le Troisième Homme*) au cours d'une conversation avec Peter Bogdanovich. Comme Bogdanovich le complimentait sur la façon dont il avait réussi à dominer tout le film par sa seule présence, Welles rectifie aussitôt avec modestie et lui fait remarquer que c'est au contraire par son absence qu'il avait accompli ce résultat : « C'est comme au théâtre, le personnage de Monsieur Wu, bien connu de toutes les étoiles à l'ancienne mode, qui n'aimaient jamais faire leur entrée avant la fin du premier acte. Ils laissaient d'abord les autres acteurs se démener en scène pendant trois quarts d'heure, demandant à qui mieux mieux : "Avez-vous vu Monsieur Wu ?" "Que va-t-il se passer quand Monsieur Wu sera là ?" "Quand donc Monsieur Wu viendra-t-il ?" Et puis, à la fin des fins, un gong énorme résonne, et Monsieur Wu apparaît sur un pont chinois, vêtu d'une magnifique robe de mandarin. Fleur-de-pêcher (ou quel est son nom ?) s'abîme en prosternations, la foule des badauds l'acclame : "Monsieur Wu ! Monsieur Wu !" Le rideau tombe ; les spectateurs applaudissent à tout rompre : "Quel formidable acteur !" »

Notre seul parapluie

Du rôle de l'art dans les expéditions polaires en particulier, et dans la vie en général

Il y a quelques années – vous en souvenez-vous ? – l'acteur anglais Hugh Grant fut arrêté par la police de Los Angeles, comme il se livrait dans un lieu public, en compagnie d'une dame de la nuit, à une activité particulièrement privée. Pour le commun des mortels, pareille mésaventure serait simplement embarrassante mais, pour un acteur aussi célèbre, elle aurait pu avoir des conséquences catastrophiques : toute sa carrière hollywoodienne parut un moment sur le point de sombrer. Au milieu de ce marasme, il fut interviewé par un journaliste américain, qui lui posa une question... très américaine : « Recevez-vous maintenant les conseils d'un psychothérapeute ? – Non, répondit Grant, en Angleterre, nous lisons des romans. »

Un demi-siècle avant lui, Carl Gustav Jung avait formulé en termes plus techniques l'exact corollaire de cette même notion : « Quand un individu perd contact avec l'univers mythique, et que son existence se trouve ainsi réduite au seul domaine des faits, sa santé mentale se trouve en grand danger. » En d'autres mots : les gens qui ne lisent pas de romans ni de poèmes risquent de se fracasser contre la muraille des faits ou d'être écrabouillés sous le poids des réalités. Et il faut alors appeler de toute urgence le Dr Jung et ses collègues pour essayer de recoller les morceaux.

Les psychothérapeutes tendent-ils à se multiplier dès que les romanciers et les poètes commencent à se faire rares ? Il se pourrait bien que le développement de la psychologie clinique corresponde à un assèchement de l'imagination inspirée ; à tout le moins, d'éminents praticiens l'ont pensé. Rainer Maria Rilke demanda un jour à Lou Andreas-Salomé de le psychanalyser. Elle refusa, lui expliquant : « Si l'analyse réussissait, vous risqueriez de ne plus pouvoir écrire des poèmes. » (Et imaginez un peu : si un habile thérapeute avait réussi à guérir Kafka de ses angoisses existentielles, la condition de l'homme moderne aurait perdu son interprète le plus pénétrant.)

Beaucoup d'individus robustes et bien adaptés semblent n'avoir guère besoin de vie imaginative. Ainsi par exemple, les saints n'écrivent pas de romans, comme l'avait déjà remarqué John Henry Newman – et il devait savoir de quoi il parlait, puisqu'il fut presque un saint, et qu'il écrivit deux romans. Plus particulièrement, les esprits pratiques et les hommes d'action sont hostiles à toutes les formes de fiction, qu'ils soupçonnent de n'être qu'une évasion dangereusement frivole et débilitante. À cet égard, il est révélateur de noter, par exemple, que le célèbre explorateur polaire Mawson avait donné à ses enfants la sévère consigne de ne jamais lire de romans, mais au contraire de donner toute leur attention aux biographies des grands hommes et aux ouvrages historiques – seules lectures propres à leur assurer un sain développement intellectuel.

Cette opinion mérite qu'on s'y arrête un moment, car elle reflète deux malentendus très courants. La première erreur consiste à ne point percevoir que tout ouvrage littéraire, par définition même, est œuvre d'imagination (et même s'il ne l'est pas au départ, placé en bonnes mains, il ne tarde pas à le devenir : l'annuaire du téléphone était une lecture favorite de Simenon). Les distinctions de genres – romans et histoire, prose et poésie, fiction et essai – sont conventionnelles et n'existent que pour la commodité des bibliothécaires. Les romanciers sont les historiens du présent, les historiens sont les romanciers du passé, et tout écrit qui présente une certaine qualité littéraire aspire essentiellement à être poème.

La seconde erreur mawsonienne repose sur une vue naïve de ce qui serait « sain ». L'illustre docteur Farabeuf nous avait déjà mis en garde : « La bonne santé est un état précaire qui ne présage rien de bon. » Mais le problème est plus fondamental encore – Unamuno l'a bien diagnostiqué : « L'homme, par le fait d'être homme, est déjà par rapport à l'âne ou au crabe un animal malade – car la conscience est une maladie. »

Et comme Mawson vient de nous entraîner dans l'Antarctique, je ne voudrais pas quitter ces régions-là sans évoquer la figure de l'explorateur Shackleton qui fut, lui, un héros autrement plus inspirant. Après la perte de son navire, au plus noir du désastre, comme il lui fallait, avec tous les membres de son équipe, alléger son paquetage de toute surcharge inutile, il refusa farouchement de se dessaisir du volume des *Poèmes* de Browning qui l'avait accompagné jusque-là. Un jour, il faudra bien que quelque universitaire se décide à écrire une thèse sur « Le rôle de la poésie dans les expéditions polaires » – mais, pour le moment, je ferais sans doute mieux de ne pas trop m'écarter de mon sujet.

Ce que je voulais souligner est simplement ceci : notre équilibre intérieur est toujours précaire et menacé, car nous sommes constamment en butte aux épreuves et agressions de la réalité quotidienne ; l'issue des luttes de l'existence demeure à jamais incertaine, et finalement c'est peut-être un personnage de Mario Vargas Llosa qui a donné la meilleure description de notre commune condition : « La vie est une tornade de merde, dans laquelle l'art est notre seul parapluie. »

Un congrès d'écrivains au paradis

L'île Norfolk : ses pins, son congrès d'écrivains, son meurtre inexpliqué

Un congrès d'écrivains ? De ma vie entière, je n'avais jamais mis le pied dans ce genre de kermesse. Il m'a toujours semblé que, sur ce sujet, Paul Claudel a dit le dernier mot : « N'invitez jamais plusieurs hommes de lettres à la fois ; un bossu préférera toujours la compagnie d'un aveugle à celle d'un autre bossu. » Mais cette fois, le congrès en question se tenait à l'île Norfolk : l'idée de participer à un tel rassemblement dans une petite île perdue du Pacifique Sud paraissait si irrésistiblement saugrenue que, précisément, je ne pus y résister – et je ne m'en suis pas repenti.

D'abord, les autres bossus se montrèrent de bonne compagnie. Ainsi, il y avait là un psychanalyste de chats – causeur brillant, il avait commencé par soigner des humains, mais l'obligation d'écouter en silence les monologues interminables et idiots de ses patients (il lui était du reste fréquemment arrivé de s'endormir durant les consultations) lui était devenue tellement insupportable qu'il avait finalement pris la sage décision de se tourner plutôt vers les chats, lesquels sont également névrosés, bien sûr, mais ils sont sympathiques et, au moins, ils ont l'intelligence de se taire. Il y avait aussi une jeune femme qui s'était engagée comme cuisinière dans une expédition polaire – faire la cuisine pour cinquante personnes sur une banquise balayée par les blizzards, avec des vivres perpétuellement hypersurgelés, pose des problèmes logistiques dont vous n'avez pas idée ; il y avait encore un pianiste maigre et mélancolique ; deux poétesses ; un auteur de romans policiers à succès ; un vieil avocat d'assises qui avait défendu quelques criminels fameux ; un ancien chanteur d'opéra encore bien en voix ; la présentatrice d'une émission de télévision très populaire consacrée au jardinage, qui avait écrit un best-seller sur une aventure scabreuse (mais très romantique) qui lui était arrivée avec un indigène à Perpignan (ou à Carcassonne – je ne me souviens plus au juste), etc., bref, on ne s'est pas ennuyé. Les communications étaient suivies de discussions animées auxquelles participait un public nombreux et attentif : la population de Norfolk (mille huit cents habitants) a beaucoup de loisirs et peu de distractions.

Les sessions du congrès n'occupaient d'ailleurs qu'une moitié du temps, dont on pouvait employer le reste à explorer l'île. Celle-ci n'a que trente-cinq kilomètres carrés d'une campagne verte et accidentée, sillonnée de quelques petites routes. Quand le capitaine Cook la découvrit au XVIIIe siècle, l'île était couverte de pins majestueux et il crut tout d'abord que la marine britannique pourrait trouver là une inépuisable provision naturelle de mâts et d'espars pour ses navires. Mais il fallut bientôt déchanter : le grain de ces arbres les rendait impropres à tout usage de charpenterie. Et c'est ainsi que, comme dans l'apologue de Zhuang Zi où un magnifique arbre doit sa longévité au fait que son bois ne sert absolument à rien, ces géants multiséculaires sont protégés aujourd'hui encore par leur sublime inutilité.

Entièrement cerclée de hautes falaises, l'île est une véritable prison naturelle – et aussi servit-elle au début du XIXe siècle d'oubliettes à la colonie pénitentiaire australienne : Norfolk était l'effroyable châtiment réservé aux bagnards récidivistes ; on ne peut pas dire que la férocité sadique du régime qui sévissait à Norfolk était bestiale – ce serait diffamer les bêtes qui, précisément, sont bien incapables de ces inventions-là – , il faut appartenir à notre funeste espèce pour les concevoir.

Après une quarantaine d'années, la geôle de Norfolk, trop incommode à maintenir, fut définitivement abandonnée, et l'île fut rendue à sa solitude – pas pour longtemps : en 1856, les habitants de Pitcairn, descendants de neuf des mutins du *Bounty* et de leurs compagnes tahitiennes, menacés de surpopulation sur leur rocher (sept fois plus petit que Norfolk !), furent autorisés par la reine Victoria à venir s'installer dans l'ancien pénitencier. Et c'est ainsi que Norfolk, après avoir été un enfer, devint un paradis.

Tous les notables de l'île portent donc fièrement les noms d'anciens gibiers de potence : Christian, Smith, McCoy, Quintal… Quoique fort aimables, ils forment une petite société plus fermée que le plus exclusif des country clubs aristocratiques d'Angleterre. Entre eux ils usent encore d'un dialecte d'une étrange douceur, leur langage secret – mélange d'anglais archaïque et d'expressions tahitiennes – et leur hymne de Pitcairn, qu'ils chantent tous en chœur dans les grandes circonstances, conserve la pénétrante mélancolie des mélodies polynésiennes.

Sans rues et sans réverbères, sans police ni prison, sans impôts et sans journaux, l'île semble jouir d'une existence idyllique, en parfaite illustration des théories de Jean-Jacques Rousseau. Et pourtant, la paix de cette communauté qui n'avait pas connu un crime en cent cinquante ans fut ébranlée une première fois, il y a deux ans, par un meurtre demeuré inexpliqué[1] – et puis maintenant, voici qu'à la fin du congrès des écrivains, juste après le départ du dernier homme de lettres, le fils du ministre des Travaux publics et du Tourisme a pris une carabine et est venu fusiller son père à bout portant dans son bureau ! Soudainement, l'innocence de Norfolk serait-elle en voie de disparition ?

Peut-être n'avait-ce pas été une bonne idée, après tout, d'introduire la littérature dans ce petit monde candide. Rappelez-vous Jean-Jacques, justement : il interdisait tous les livres à son Émile – à la seule exception de *Robinson Crusoé*.

1. Aujourd'hui résolu (2007). Mais ni la victime ni le meurtrier n'étaient des insulaires.

À bâtons rompus

CONSCIENCES DÉLICATES. « Le tabac est pour l'homme un poison des plus dangereux. » Cette vertueuse mise en garde est devenue assez banale, me direz-vous. Ce qui l'est moins – et qui devrait donner à réfléchir – c'est l'identité de celui qui la formulait : Adolf Hitler.

De même, Adolf Eichmann attendant son exécution, emprunta un exemplaire de *Lolita* à la bibliothèque de la prison. Après quelques pages (nous dit un biographe de Nabokov), indigné, il rejeta le livre : « Ceci est répugnant ! »

PLAGIAT. Un jeune journaliste interviewant Martha Graham interrogea la grande danseuse et chorégraphe sur le sujet des plagiats artistiques. « Écoutez, mon cher », répondit le vieux monstre sacré en posant sa main arthritique sur le bras de son interlocuteur, « nous sommes tous des voleurs. Mais au bout du compte, nous serons seulement jugés sur deux choses : qui avons-nous choisi de dévaliser et qu'en avons-nous fait. »

T.S. Eliot disait d'ailleurs à peu près la même

chose : « Les poètes immatures imitent ; les poètes accomplis volent. »

GOETHE. Le frère aîné de Ralph Waldo Emerson se destinait à une carrière ecclésiastique. Il séjourna quelque temps en Allemagne où il poursuivit des études bibliques qui finirent par éroder sa foi. Il alla rendre visite à Goethe et lui fit part de ses doutes. Mais Goethe l'encouragea à demeurer dans la voie où l'avait initialement engagé sa vocation : « Vos convictions personnelles sont votre affaire et ne regardent nullement vos paroissiens. » Le trait est profondément révélateur : on comprend pourquoi Gide vouait un culte à Goethe, et pourquoi Claudel l'abominait.

CIRCONSTANCE ATTÉNUANTE. Comme ces pies qui, si l'on en croit la légende populaire (accréditée tant par un opéra de Rossini que par les albums de Tintin), ont la manie d'entasser dans leur nid toute une bimbeloterie hétéroclite et inutile, j'ai la faiblesse de découper parfois dans les journaux des bribes d'informations dont la stupidité saugrenue me paraît irrésistible.

Ces documents ne me sont d'aucun usage ; ils jaunissent dans un tiroir que, petit à petit, ils encombrent au point qu'il me faut finalement les jeter. Lors d'un de ces nettoyages périodiques, j'ai redécouvert une coupure en provenance d'un quotidien australien dont, à l'époque, je n'avais pas noté la date (mais le contexte se réfère à la mort de la princesse Diana). À la relecture, sa séduction me paraît inchangée :

« Ann Downey, cinquante-neuf ans, originaire du Queensland, a frappé son ami d'un coup de couteau à viande dans un restaurant, car il avait refusé de renvoyer un plat de frites supplémentaire qu'on leur avait servi avec leur repas. Cette affaire est passée hier devant la cour d'assises de Burnie en Tasmanie. Le jury se vit expliquer comment M. Brian King, veuf, âgé également de cinquante-neuf ans, avait subrepticement dévissé le couvercle de la salière de façon à ce qu'elle se vide entièrement dans l'assiette de Mrs Downey ; en représailles, celle-ci lui avait alors projeté une giclée de sauce tomate au visage. Mrs Tamara Jaco, avocate de la défense, argua que Mrs Downey, qui se trouve accusée de coups et blessures, devrait bénéficier d'une importante circonstance atténuante : "La mort de la princesse Diana qu'elle venait d'apprendre l'avait bouleversée au plus haut point." »

DE QUI EST-CE ? « Il y a toujours plus d'herbage pour le philosophe dans les vallées de la bêtise que sur les hauteurs arides de l'intelligence. » – on jurerait que c'est du Michaux, et de la meilleure cuvée – en fait, il s'agit d'une pensée de Wittgenstein[1].

SCHOPENHAUER. Sur la saine façon de fréquenter les livres, Schopenhauer a fait des observations qui demeurent d'une pertinence troublante : « L'art de *ne pas* lire est très important. Il consiste à ne pas

1. L. Wittgenstein, *Remarques mêlées*, GF Flammarion, 2002, p. 154.

s'intéresser à tout ce qui attire l'attention du grand public à un moment donné. Quand tout le monde parle d'un certain ouvrage, rappelez-vous que quiconque écrit pour les imbéciles ne manquera jamais de lecteurs. Pour lire de bons livres, la condition préalable est de ne pas perdre son temps à en lire de mauvais, car la vie est courte. » Et puis, il décoche ce trait final – lequel va joliment régler le compte de la « lettre des antipodes » que vous venez de lire : « Seul celui qui tire ses écrits directement de son cerveau mérite d'être lu. »

Vérité du romancier

Une revue anglaise consacrée à la navigation de plaisance, *Yachting World*, a publié un curieux article, « En naviguant avec Patrick O'Brian ». Est-il encore nécessaire de présenter ici Patrick O'Brian (1914-2000) ? Bien qu'il ait passé en France la dernière et plus longue partie de son existence – il s'était établi à Collioure en 1950 – son style de vie austère et secret le tenait éloigné des mondanités littéraires, et d'ailleurs il refusait toutes les interviews, estimant avec raison que « questions et réponses ne constituent pas une forme civilisée de conversation ». Mais son grand œuvre – les aventures (en vingt volumes) de deux compagnons qui guerroient sur tous les océans à l'époque napoléonienne – a fini par connaître un triomphe mondial (trois millions d'exemplaires) ; je suppose donc que l'écho en aura maintenant atteint les lecteurs français[1].

O'Brian appartient à cette rare catégorie d'écrivains (rare aujourd'hui, mais elle était plus courante au XIXe siècle : songez à Balzac, Dickens, Dumas,

1. Cf. *Les Aventures de Jack Aubrey*, Patrick O'Brian, éd. Presses de la Cité/Omnibus.

Stevenson...) qui réussissent à enchanter les lettrés tout en passionnant le grand public. Il n'est pas nécessaire d'être marin pour apprécier ses livres, il suffit d'aimer la littérature ; d'autre part, beaucoup de marins, même sans goût particulier pour la lecture de romans, dévorent les siens, conquis par l'incomparable connaissance des choses de la mer qui, d'un bout à l'autre, y nourrit la réalité du récit.

L'auteur de l'article de *Yachting World*, Tom Perkins, appartient à cette seconde espèce de lecteurs. Multimilliardaire américain, Perkins est, depuis l'enfance, passionné par la voile qu'il continue à pratiquer durant les loisirs que lui laisse la gestion de son empire électronique de « Silicon Valley ». Fervent admirateur de Patrick O'Brian, il eut l'idée d'adresser une invitation au vieil écrivain (alors âgé de quatre-vingt-un ans), lui offrant, pour quinze jours en Méditerranée, la libre disposition de son yacht, un splendide ketch, avec son capitaine et son équipage permanent de six hommes. À sa joyeuse surprise (car il connaissait la réputation sauvage de l'ermite de Collioure), il reçut la réponse de celui-ci par retour du courrier : « J'accepte votre offre généreuse avec un empressement peut-être obscène. »

La croisière eut donc lieu, et fut un complet succès : l'exubérant magnat californien et le hautain solitaire nouèrent une amitié qui devait durer jusqu'à la mort de l'écrivain.

Perkins confesse avoir été quelque peu intimidé tout d'abord par les façons exquises mais distantes de son invité, et par l'impressionnante culture qui informait sa conversation. Mais surtout – et c'est cela qui forme le vrai sujet de son article, et lui donne tout son sel –, il eut la stupéfaction de découvrir, dès l'appareillage, que Patrick O'Brian, maître de l'aventure maritime et détenteur d'un trésor de savoir nautique, n'avait absolument aucune expérience de la mer, ni de la voile ou des bateaux (ce qui ne devait d'ailleurs nullement l'empêcher de jouir intensément de cette croisière).

Maintenant, depuis la mort de l'écrivain, ses biographes non seulement nous ont confirmé qu'il n'avait jamais navigué, mais ils ont aussi découvert qu'il ne s'appelait pas Patrick O'Brian, qu'il s'était approprié une identité irlandaise entièrement fictive, et qu'en inventant ses héros il inventait en fait son propre personnage, pour tenter d'effacer un passé dont le souvenir continuait à le brûler : étouffant à Londres dans un mariage malheureux, crevant de misère, rêvant d'écrire, il avait pris la fuite à trente-cinq ans – il abandonna soudainement sa femme et son petit garçon, il rompit avec toute sa parentèle, ses amis et connaissances. Dans la solitude d'un exil définitif, il poursuivit les prodigieuses lectures historiques qui allaient lui permettre de bâtir son imaginaire monde marin.

L'ahurissement de Perkins devant l'ignorance nautique de son invité (qui, à la barre, n'avait même pas notion de la direction d'où soufflait le vent !) fournit la matière d'un amusant récit, mais trahit aussi la naïveté d'un industriel dont les lectures se limitent aux cours de la Bourse, et aux traités d'électronique. Nul connaisseur de littérature ne s'étonnera jamais de l'écart qui sépare un écrivain de ses écrits ; d'ailleurs ce ne sont pas les exploits de la vie active qui produisent les grandes œuvres, mais bien plutôt l'échec, les peines obscures, l'ennui, l'aride insignifiance des jours. Et le génie du romancier réside – comme Orwell le disait à propos de D. H. Lawrence – dans « l'extraordinaire capacité de connaître par l'imagination ce qu'il ne peut connaître par l'observation ».

Toutefois – convenons-en –, ce génial savoir imaginaire de l'écrivain est surtout efficace sur la page imprimée ; à la barre d'un navire, en revanche, il demeure d'une médiocre utilité.

Connaître et méconnaître la Chine

« Mieux que connaître une chose : l'aimer. »
Confucius

Le grand savant Joseph Needham (dont le monumental *Science and Civilization in China*[1] est, dans toute la production sinologique occidentale, un des très rares ouvrages que les intellectuels chinois prennent au sérieux) a tenu un propos que je voudrais voir gravé en lettres d'or au fronton de toutes les institutions consacrées à l'étude de la Chine : « La civilisation chinoise présente l'irrésistible fascination de ce qui est totalement "autre", et seul ce qui est totalement "autre" peut inspirer l'amour le plus profond en même temps qu'un puissant désir de le connaître. » Malraux – esprit généralement brumeux, mais dont le brouillard était traversé d'éclairs – a eu une formule non moins exacte et saisissante : « La Chine est l'autre pôle de l'expérience humaine. » Ces observations contiennent deux vérités qu'il importe de saisir

1. Une édition abrégée existe en français : *Science et civilisation en Chine, Une introduction*, Joseph Needham, éd. Philippe Picquier, 1995.

conjointement : 1°) L'expérience humaine est une ; 2°) ses modalités diverses sont d'autant plus stimulantes, riches et fécondes qu'elles sont plus radicalement *autres*. (Songez par exemple à la différence des sexes, qui donne saveur et poésie à notre existence…) Si l'on comparait le phénomène de civilisation à une sorte de mont Everest, on pourrait dire que la cordée occidentale et la cordée chinoise ont finalement opéré leur jonction au sommet, sans s'être croisées en cours de route, car elles ont effectué leur ascension par deux faces opposées. Quand elles se rencontrent enfin, on imagine avec quel intérêt passionné elles peuvent enfin échanger leurs expériences respectives !

La découverte de la culture occidentale par les intellectuels et artistes chinois, et celle de la culture chinoise par les Occidentaux n'ont pas une très longue histoire. Si la perception de l'altérité, « le sentiment du divers » sont un puissant ferment d'inspiration, de connaissance et de création, ils ne se soutiennent pas sans effort, ni ne se poursuivent sans risque. Au début du siècle dernier, la quête chinoise d'un Segalen, par exemple, après un départ splendide, se solda par une triste faillite (sur laquelle la publication de sa correspondance complète est récemment venue jeter une assez consternante lumière). Segalen, mélomane, demeura sourd à la musique chinoise ; poète, il ignora la poésie chinoise ; esthète, il ne regarda pas la peinture chinoise ; vivant en Chine à un tournant particulièrement dramatique de son histoire, il ne comprit rien aux événements qui se déroulaient sous ses yeux. Il quitta sans regret une Chine qui, pensait-il, n'avait plus rien à lui enseigner – mais, en fait, il n'y était même pas entré.

Aujourd'hui, les écrits d'un François Jullien sur la Chine semblent refléter une mésaventure semblable (sans toutefois offrir de compensations littéraires) ; elle est bien analysée par Jean-François Billeter dans son *Contre François Jullien* (éd. Allia). Billeter est philosophe comme Jullien mais, à la différence de ce dernier, il connaît la Chine et sait écrire le français (je me demande d'ailleurs dans quelle mesure ce n'est pas l'opacité du jargon de Jullien qui lui a assuré le plus clair de son autorité). Avec courtoisie mais rigueur, Billeter montre que la Chine dont parle Jullien est une construction abstraite présentant peu de relations avec la mouvante réalité culturelle et historique de la civilisation chinoise. Jullien glane ses matériaux un peu partout dans les textes chinois (quelquefois il se contente de les piller dans les travaux de ses collègues), puis il les utilise hors contexte, de façon anachronique ; assemblant ces éléments disparates en un vaste collage, il intitule « pensée chinoise » ce qui n'est en fait que de la pensée-Jullien.

Je ne pense pas que l'erreur de Jullien ait été (comme le croit Billeter) d'avoir pris pour point de départ « l'altérité » de la Chine. Celle-ci, loin d'être un mythe, est une réalité savoureuse, capable d'inspirer ce désir passionné de connaissance dont parlait Needham. Non, le fond du problème, c'est que la Chine ne l'intéresse pas : pour lui, elle ne présente nulle valeur intrinsèque ; il s'en sert comme d'une « commodité théorique » pour considérer du dehors notre processus intellectuel. Mais comme Billeter le remarque avec pertinence, « on ne saurait revenir sur soi sans avoir commencé par se porter ailleurs ».

Intéressante coïncidence : en décembre dernier, *Le Monde* a publié un entretien dans lequel Jullien commentait « L'Énigme de la puissance chinoise ». Il expliquait que « le lettré chinois n'est jamais devenu un intellectuel critique », et Tian'anmen ne saurait donc avoir de lendemain. Mais *exactement* le jour même où paraissaient ces propos, deux cent cinquante mille Chinois bravant les contrôles policiers manifestaient à Hongkong pour exiger la démocratie. Apparemment donc, au moins un quart de million de Chinois seraient déjà las de servir de « commodité théorique » à la pensée-Jullien.

Mots

Les journaux ont rapporté dernièrement les résultats d'une enquête menée auprès du public anglo-saxon pour déterminer les « cent plus beaux mots » de la langue. Un coup d'œil sur cette liste où, comme on pouvait le prévoir, la maternité, la paix, la liberté, le printemps et l'avenir se trouvaient dûment mis à l'honneur, confirme que cette entreprise assez niaise était vouée à l'insignifiance, pour la simple raison qu'elle se fondait sur une vue illusoire de la valeur des mots : ceux-ci, par eux-mêmes, n'en ont presque aucune. En ce sens, il en va des mots comme des couleurs dont Delacroix pouvait dire : « Donnez-moi de la boue, j'en ferai de la lumineuse chair de femme – pourvu que vous me laissiez choisir les couleurs que je placerai à ses côtés. »

Les mots sont par nature neutres et indifférents. C'est de leur contexte qu'ils tirent le plus vif et le plus dru de leur charge émotionnelle. Racisme et sexisme sont une lèpre de l'âme et doivent être combattus sans merci, mais la lutte contre le langage raciste ou sexiste se trompe le plus souvent de cible : ainsi, cette revue américaine qui – dans la meilleure des intentions – interdisait à un de ses auteurs de faire référence au *Nègre du Narcisse*, ou encore ces journaux français, non moins vertueux, qui croient seconder la juste cause des femmes en imprimant des monstruosités telles que « auteure » ou « écrivaine »... Les mots sont innocents ; il n'y a nulle perversion dans le dictionnaire, elle est tout entière dans les esprits, et ce sont ceux-ci qu'il faudrait réformer.

Il est des propos qui tirent leur sens et leur efficacité non des mots qui les composent, mais des circonstances dans lesquelles ils sont prononcés. Stendhal racontait que Murat, chargeant à la tête de ses cuirassiers, galvanisait leur enthousiasme et leur bravoure en criant : « Mon cul est rond, rond comme une pomme[1] ! » Sous le feu de l'ennemi, ces mots idiots devenaient sublimes, et on se faisait tuer pour le suivre. Dans son premier grand succès théâtral, Ionesco a exploité avec une savoureuse originalité la dichotomie qui peut exister entre, d'une part, le sens des mots et, d'autre part, le sens suggéré par l'intention ou l'intonation du locuteur. Anatole France avait déjà noté ce même phénomène : dans *Le Livre de mon ami*, le narrateur raconte comment, dans son adolescence, il avait nourri une admiration passionnée pour une ravissante pianiste qui venait donner des récitals dans le salon de ses parents ; un jour, à la fin d'un morceau, la musicienne se tourna vers son jeune admirateur et lui demanda à brûle-pourpoint : « Cela vous a plu ? – Oh oui, *monsieur* », balbutia

1. Rapporté par Mérimée dans ses souvenirs sur Stendhal, *H.B.*

l'autre, désarçonné par l'émotion. Cette gaffe le plongea aussitôt dans une telle détresse qu'il s'interdit de jamais plus reparaître en la présence de la belle musicienne. Quarante ans plus tard, il la retrouva par hasard dans une réception mondaine. Bavardant des succès de sa longue et brillante carrière, elle lui confia qu'on se blase des applaudissements, mais qu'à ses débuts, un témoignage d'admiration l'avait touchée de façon inoubliable – celui d'un jeune garçon qui, dans sa confusion, l'avait appelée « monsieur ».

Mais la circonstance qui confère aux mots leur poids le plus mémorable, c'est l'imminence de la mort. Le « chant du cygne » n'est pas une image propre au seul Occident – dans les *Entretiens de Confucius*, il était déjà dit : « Quand un oiseau va mourir, son chant est poignant ; quand un homme va mourir, ses paroles sont sincères. » Shakespeare semble y faire écho : « *The tongues of dying men / Enforce attention like deep harmony.* » D'ailleurs, en droit anglo-saxon, la déclaration d'un agonisant a force spéciale de preuve, car « un mourant n'est pas censé mentir ».

Aussi recueille-t-on pieusement les dernières paroles des grands hommes. Le fameux « *Mehr Licht* » de Goethe (à supposer qu'il ait vraiment dit ces deux mots, ou qu'il n'ait pas voulu simplement faire ouvrir les volets) suggère une aspiration mystique à la sagesse, à côté de laquelle le « Où sont mes lunettes ? » de Thomas Mann sur son lit de mort ne peut plus fournir qu'un bien prosaïque pendant moderne. Au moment de rendre l'esprit, le truculent Brendan Behan, lui, eut encore celui de remercier la religieuse qui lui rafraîchissait le front : « Merci, ma sœur, puissent tous vos fils devenir évêques ! »

Particulièrement touchante me paraît la mort de la comtesse de Vercellis, telle que la raconte Jean-Jacques Rousseau, qui en fut témoin, et à qui la vieille dame « rendit la religion catholique aimable par la sérénité d'âme et la gaieté égale » avec lesquelles elle ne cessa de s'entretenir avec tout le monde durant les deux derniers jours de son existence. « Enfin, ne parlant plus, et déjà dans les combats de l'agonie, elle fit un gros pet. "Bon, dit-elle en se retournant, femme qui pète n'est pas morte." Ce furent ses derniers mots. »

Mais le mot de la fin le plus navrant est celui de Pancho Villa. Pris de court au moment de son exécution, il supplia des journalistes qui se trouvaient là : « Ne laissez pas les choses finir comme ça ! *Dites que j'ai dit quelque chose !* » Mais ceux-ci, au lieu d'inventer comme c'est leur habitude, se contentèrent de rapporter cette panne d'inspiration dans toute sa nudité. Fiez-vous aux journalistes !

L'empire du laid

Les Indiens de la côte du Pacifique étaient de hardis navigateurs. Ils taillaient leurs grandes pirogues de guerre dans le tronc d'un de ces cèdres géants dont les forêts couvraient tout le nord-ouest de l'Amérique. La construction commençait par une cérémonie rituelle au pied de l'arbre choisi, pour lui expliquer le besoin urgent qu'on avait de l'abattre, et lui en demander pardon. Chose remarquable, à l'autre extrémité du Pacifique, les Maoris de Nouvelle-Zélande creusaient des pirogues semblables dans le tronc des *kauri* ; et là aussi, l'abattage était précédé d'une cérémonie propitiatoire pour obtenir le pardon de l'arbre.

Des mœurs aussi exquisément civilisées devraient nous faire honte. Tel fut mon sentiment l'autre matin ; j'avais été réveillé par les hurlements d'une scie mécanique à l'œuvre dans le jardin de mon voisin, et, de ma fenêtre, je pus apercevoir ce dernier qui – apparemment sans avoir procédé à aucune cérémonie préalable – présidait à l'abattage d'un magnifique arbre qui ombrageait notre coin depuis un demi-siècle. Les grands oiseaux qui nichaient dans ses branches (une variété de corbeaux inconnue dans l'hémisphère Nord, et qui, loin de croasser, a un chant surnaturellement mélodieux), épouvantés par la destruction de leur habitat, tournoyaient en vols frénétiques, lançant de déchirants cris d'alarme. Mon voisin n'est pas mauvais bougre, et nos relations sont parfaitement courtoises, mais j'aurais quand même bien voulu savoir la raison de son ahurissant vandalisme. Devinant sans doute ma curiosité, il m'annonça joyeusement que ses plates-bandes auraient désormais plus de soleil. Dans son *Journal*, Claudel rapporte une explication semblable fournie par un voisin de campagne qui venait d'abattre un orme séculaire auquel le poète était attaché : « Cet arbre donnait de l'ombre et il était infesté de rossignols. »

La beauté appelle la catastrophe aussi sûrement que les clochers attirent la foudre. Les services publics qui font passer une autoroute au milieu de Stonehenge, ou un chemin de fer à travers les ruines de Villers-la-Ville, le moine qui met le feu au Kinkakuji, la municipalité qui transforme l'abbatiale de Cluny en une carrière de pierres, l'énergumène qui lance un pot d'acrylique sur le dernier autoportrait de Rembrandt, ou celui qui attaque au marteau la madone de Michel-Ange, obéissent tous, sans le savoir, à une même pulsion.

Un jour, il y a longtemps, un minuscule incident m'en a donné l'intuition. J'étais en train d'écrire dans un café ; comme beaucoup de paresseux, j'aime sentir de l'animation autour de moi quand je suis censé travailler – ça me donne une illusion d'activité. Aussi la rumeur des conversations ne me dérangeait pas, ni même la radio qui beuglait dans un coin – toute la matinée, elle avait déversé sans interruption des chansonnettes à la mode, les cours de la Bourse, de la « muzak », des résultats sportifs, une causerie sur la fièvre aphteuse des bovins, encore des chansonnettes, et toute cette panade auditive coulait comme une eau tiédasse fuyant d'un robinet mal fermé. Et d'ailleurs, personne n'écoutait. Tout à coup – miracle ! – pour une raison inexplicable, cette vulgaire routine radiophonique fit place sans transition à une musique sublime : les premières mesures du Quintette avec clarinette de Mozart prirent possession de notre petit espace avec une sereine autorité, transformant cette salle de café en une antichambre du Paradis. Mais les autres consommateurs, occupés jusqu'alors à bavarder, à jouer aux cartes ou à lire les journaux, n'étaient pas sourds après tout : en entendant ces accents célestes, ils s'entre-regardèrent, interloqués. Leur désarroi ne dura que quelques secondes – au soulagement de tous, l'un d'entre eux se leva résolument, vint tourner le bouton de la radio et changea de station, rétablissant ainsi un flot de bruit plus familier et rassurant, qu'il fut à nouveau loisible à chacun de tranquillement ignorer.

À ce moment, je fus frappé d'une évidence qui ne m'a plus jamais quitté depuis : les vrais philistins ne sont pas des gens incapables de reconnaître la beauté – ils ne la reconnaissent que trop bien, ils la détectent instantanément, et avec un flair aussi infaillible que celui de l'esthète le plus subtil, mais c'est pour pouvoir fondre immédiatement dessus de façon à l'étouffer avant qu'elle ait pu prendre pied dans leur universel empire de la laideur. Car l'ignorance, l'obscurantisme, le mauvais goût, ou la stupidité ne résultent pas de simples carences, ce sont autant de forces *actives*, qui s'affirment furieusement à chaque occasion, et ne tolèrent aucune dérogation à leur tyrannie. Le talent inspiré est toujours une insulte à la médiocrité. Et si cela est vrai dans l'ordre esthétique, ce l'est bien plus encore dans l'ordre moral. Plus que la beauté artistique, la beauté morale semble avoir le don d'exaspérer notre triste espèce. Le besoin de tout rabaisser à notre misérable niveau, de souiller, moquer, et dégrader tout ce qui nous domine de sa splendeur est probablement l'un des traits les plus désolants de la nature humaine.

Du goût

Certains jugements ne condamnent que leur auteur. Quand Wagner reproche à Mozart son « manque de sérieux », il ne nous apprend rien d'éclairant sur Mozart, mais en revanche, il nous fait découvrir d'un coup ce qui cloche chez Wagner.

Mais quelquefois un homme de goût peut rejeter une œuvre de qualité pour une raison parfaitement respectable et touchante. Le prince de Ligne possédait un tableau de Salvator Rosa représentant un désert ; il s'en défit car il trouvait qu'« un tableau sans figures ressemble à la fin du monde ». Le prince de Ligne aimait vraiment ses semblables, et c'est bien pour cela que nous continuons à le trouver adorable. « Le mauvais goût mène au crime », disait Stendhal. Ce n'est pas faux – encore faudrait-il ajouter que le bon goût, lui, ne mène souvent qu'au salon de Mme Verdurin. Le bon goût a ceci en commun avec l'humour et avec la sainteté, qu'on ne saurait l'atteindre par un effort de volonté : du moment qu'il prend conscience de lui-même, il s'évapore. Par exemple, le goût très réellement exquis, savant et impeccable de Bruce Chatwin a fini par conduire ce talentueux poseur sur les cimes du ridicule. « Le comble du cauchemar, dit-il un jour (sans rire), serait pour moi de devoir passer une nuit enfermé dans la salle des grands Rubens d'un musée. » Laissez-nous rigoler.

Par contraste, combien tonique paraît la réaction de W.H. Auden : visitant la villa toscane du grand connaisseur, esthète, historien (et trafiquant) d'art Bernard Berenson, où chaque peinture, chaque tenture, chaque meuble, chaque vase et chaque bibelot jouait sa part dans l'harmonie complexe et parfaite d'une symphonie de formes et de couleurs, le poète anglais dit qu'il manquait une dernière touche à cet ensemble, et il suggéra d'ajouter sur le sofa du salon un coussin de satin mauve brodé d'une inscription en or « Souvenir de Las Vegas ». Notez à ce propos que, souvent, les peintres de génie abominent le bon goût – Degas, par exemple, le considérait comme un vice ; mais j'ai déjà évoqué cette question ailleurs, et crains ici de me répéter.

Les limites de notre goût définissent notre sensibilité de façon plus nette et plus aiguë que ne pourraient le faire nos prédilections. La vieille amie de Gide, « La Petite Dame » (Maria van Rysselberghe) rapporte dans ses passionnants *Cahiers* (autrement plus vivants que le *Journal* de son illustre complice car, à la différence de celui-ci, elle était capable d'une attention véritable pour autrui – qualité non moins indispensable que l'intelligence, pour qui tient un journal intime) que Malraux n'aimait guère Montaigne et que, du reste, il avouait très mal le connaître. Gide attribuait cette révélatrice absence d'intérêt au fait que, chez Montaigne, l'héroïsme n'est pas mis en valeur. (À un autre endroit, la Petite Dame relève que Gide, lui, n'aime pas les films des Marx Brothers – mais elle n'en tire pas de conclusions.) Pour une raison probablement semblable à celle qui l'écartait de Montaigne, Malraux renâclait également à la lecture de Proust, dont il trouvait l'entreprise assez vaine, « construction d'un monument absurde dans un univers dérisoire » (Claudel avait déjà eu à peu près la même réaction : « Il y a autre chose dans la vie que ce peuple d'oisifs et de larbins ») – et il confiait à Roger Stéphane : « Mettez *Lord Jim* à côté de Guermantes, et vous verrez toute la porcelaine qu'il cassera. » (Entre parenthèses, ce dernier propos trahit un curieux contresens dans l'interprétation du personnage de Conrad : loin d'être héroïque, ce dernier est un incurable rêveur, un velléitaire paralysé au moment d'agir ; et on imagine mal Lord Jim cassant de la vaisselle chez Guermantes.)

Les jugements sans appel et les condamnations arbitraires accompagnent habituellement l'exercice du génie créateur, et l'on ne s'en étonne donc pas dans le cas d'un Malraux ou d'un Claudel. Ce qui est choquant, en revanche, c'est de rencontrer ces occultations du goût chez un critique. Ainsi la Petite Dame, encore une fois, nous apprend que Charles Du Bos n'appréciait pas Mozart, et n'aimait pas Daumier (ni Balzac). C'est vertigineux ! Daumier et Mozart : ces deux-là n'ont RIEN en commun, hormis la chaleureuse autorité de leur génie. Une sensibilité qui réussit simultanément à exclure l'un et l'autre de son champ de vision doit être affligée d'un angle mort dont le degré d'obtusité est positivement sidérant.

À propos de Sartre

Il y a deux cent cinquante ans, Samuel Johnson avait vu juste : « À mesure que l'usage du tabac diminue, l'insanité augmente. » Les fonctionnaires zélés qui, sur les affiches d'une exposition parisienne consacrée à Sartre, ont censuré le tabagisme de ce dernier en effaçant sa perpétuelle cigarette, ont seulement réussi à susciter une hilarité planétaire. Même la presse des antipodes a fait écho à cet exploit, déjà relevé à Londres par le *TLS*. Frivole prétexte pour parler ici d'un grand écrivain – mais mon propos n'est pas bien sérieux.

Les Peaux-Rouges du Far West considéraient les fous et les idiots comme des créatures inspirées de Dieu, et, à ce titre, ils leur réservaient une place d'honneur dans leurs tribus. Il semble que les Français font de même avec leurs écrivains illustres : ils les prennent pour guides, ils les consultent sur tous les problèmes, et quand ces oracles se trompent – ce qui leur arrive souvent – on leur accorde cette immunité dont normalement seuls jouissent les petits enfants et les simples d'esprit.

Somerset Maugham, qui connaissait bien la France et qui l'aimait, approuvait cette attitude et reprochait aux Anglais d'en rire : seul un philistin peut trouver qu'il est comique de prendre l'art au sérieux.

Dans la biographie des grands hommes, une seule anecdote est parfois plus révélatrice qu'une montagne d'informations. Dans son âge mûr, Sartre ayant longtemps négligé de payer ses impôts reçut un jour une colossale facture du fisc. Consterné, il se précipita chez sa maman, qui régla pour lui cette note effrayante. Y avait-il eu là hypocrisie de la part de ce pourfendeur des hypocrisies bourgeoises ? Nullement. Il fit seulement montre de cette splendide irresponsabilité qui est souvent la marque et l'apanage des intelligences inspirées. « Le Ciel m'a donné mon génie », s'écriait l'immense poète Li Po, comme il jetait sa fortune par la fenêtre, « il faut bien que ça serve à quelque chose ! »

L'irresponsabilité – qui est un autre nom du bonheur – constitue un privilège dénié aux laborieux et aux consciencieux, pauvres bougres sur les épaules desquels repose la plus ou moins bonne marche de ce bas monde. Au fond, la vie de Sartre fut une féerie permanente : il n'y a pas de position plus amusante, plus séduisante, plus originale – et finalement mieux récompensée – que celle de dissident au sein d'une société tolérante, stable et prospère. Toutefois, pour délectable qu'il soit, ce luxe est éphémère. Dans une lettre à Virginia Woolf, John Maynard Keynes prophétisait la mort de l'Occident : les nouvelles générations entendent jouir de tous les avantages que leur a procurés le monde de leurs pères, mais sans en payer le prix, qui serait de cultiver les valeurs sur lesquelles ce monde était fondé. Cette situation ne peut durer ; on s'en aperçoit.

Mais ces questions-là me dépassent. Si je me suis remis à la lecture de Sartre, c'est pour une raison saugrenue : bricolant mon troisième volume de *La Mer dans la littérature française*[1], je le relis d'un point de vue marin. Cette perspective est évidemment absurde (ce qui n'enlève rien à son charme) : Sartre avait horreur de la nature, trait qu'il partage d'ailleurs avec Baudelaire (pour qui seuls comptaient la Ville et l'Artifice – et trois immortels poèmes marins ne doivent pas nous abuser là-dessus) ; or, la mer, c'est la nature poussée au paroxysme. Il n'est pas étonnant que ma pêche n'ait pas ramené grand-chose. En voici le modeste butin :

1. Quelques paysages marins dans *La Nausée* : notations rares et brèves, mais dont la force d'évocation fait penser à ces fragments de paysage qui forment le fond de certaines toiles de Degas. Degas n'aimait pas la nature non plus, et pourtant, on lui doit quelques-unes des sensations paysagistes les plus aiguës de tout l'impressionnisme.

2. Nage en Méditerranée : en vacances sur la Côte d'Azur, Sartre décrit dans une lettre comment, quand il nage, il est bientôt pris d'une insoutenable angoisse à l'idée que des crabes viennent lui manger le ventre, et il doit chaque fois regagner la rive en panique.

3. À Saint-Malo, le pipi sur la tombe marine de Chateaubriand : Simone de Beauvoir a raconté cet

---

1. *La Mer dans la littérature française*, 2 t., Simon Leys, éd. Plon, 2003.

antipèlerinage au Grand-Bé, et Mauriac a mémorablement commenté cette « miction sartrienne », et le tournant qu'elle marque dans l'histoire de la sensibilité littéraire. Mais Sartre honnissait-il vraiment Chateaubriand ? Des propos de la fin de sa vie en font douter : « Être écrivain, c'est atteindre l'essence de l'art d'écrire – je parle des vrais écrivains, Chateaubriand par exemple ou Proust. » Le génie d'écrire comporte le risque splendide qu'on prend avec les mots : « Il y a des phrases de Chateaubriand – il a eu raison d'oser[1]. »

La vérité est rarement pure, disait Oscar Wilde, et jamais simple.

---

1. *La Cérémonie des adieux*, « Entretiens avec Jean-Paul Sartre, août-septembre 1979 », Simone de Beauvoir.

Contre Sainte-Beuve

Proust, Sainte-Beuve et Jean-François Revel en arbitre

Sur Proust, pourrait-on imaginer un plus beau livre que le *Sur Proust* de Jean-François Revel ? Je viens de le relire avec un bonheur encore accru. Un seul point toutefois provoque ma perplexité : sa critique du *Contre Sainte-Beuve*. Mais quelques mots d'abord sur les vues qu'avait Proust de la création littéraire.

Proust estime que dans le processus créateur l'intelligence ne joue qu'un rôle secondaire. Beaucoup d'écrivains partagent cette opinion. Colette disait à Emmanuel Berl : « Vous êtes trop intelligent pour faire un bon romancier. » Et Claudel observait : « L'intelligence n'est pas plus la qualité essentielle d'un artiste, que celle d'un militaire la prudence. » Évidemment, ça ne veut pas dire qu'un artiste aurait avantage à être un imbécile – Proust avait lui-même une formidable intelligence – mais ces écrivains savaient tous d'expérience, que, dans la création littéraire, ce n'est pas leur intelligence qui se trouve mobilisée, mais bien leur sensibilité et leur imagination. Ce qui importe surtout c'est « l'inspiration », « l'état de grâce », la communication directe établie avec les sources profondes de la mémoire et de l'inconscient ; et pour capter ces sources-là, il est souvent préférable de laisser l'intelligence en repos. Aragon était plus intelligent qu'Éluard, mais Éluard était meilleur poète. L'intelligence n'inhibe pas le don poétique ; simplement le don poétique est d'une autre nature – il peut coexister avec une intelligence médiocre, voire même avec un esprit confus. J'ai ici un disque de Céline que j'écoute de temps à autre : les premières pages du *Voyage au bout de la nuit* (lues par Michel Simon) vous donnent physiquement (chair de poule) le sentiment du génie à l'état pur. C'est bouleversant. Puis vient une longue interview de l'auteur, qui radote et rabâche des platitudes. C'est consternant. Céline et le Docteur Destouches auraient-ils donc été deux individus différents ?

Non, dirait Sainte-Beuve, qui pensait que l'homme et l'écrivain ne font qu'un : une complète connaissance du premier vous livrera la pleine compréhension du second. Mais Proust a superbement démoli cette mécanique grossière : « [Sainte-Beuve] méconnaît ce qu'une fréquentation un peu profonde avec nous-même nous apprend : qu'un livre est le produit d'un autre moi que celui que nous manifestons dans nos habitudes, dans la société, dans nos vices. » Ce qui explique d'ailleurs le contraste parfois saisissant entre la splendeur d'une œuvre et la malodorante misère humaine de son auteur. Paradoxe bien résumé par l'axiome de Valéry : « Toute personne est moindre que ce qu'elle a fait de plus beau. » Hilaire Belloc en explique la raison : « Quand une œuvre est réussie, le fait est que ce n'est pas simplement un homme qui en est l'auteur, mais un homme inspiré. » Bernanos, humble et lucide, disait du *Journal d'un curé de campagne* : « J'aime ce livre comme s'il n'était pas de moi. » Et il ajoutait : « Je ne suis pas responsable de ce que j'ai créé : *virtus de illo exibat.* »

E. M. Forster, sans avoir pu connaître *Contre Sainte-Beuve*, a tenu des propos presque identiques : « Tout esprit humain a deux personnalités, l'une superficielle, l'autre profonde. La première fait des choses telles que dîner en ville, etc., elle est alerte et originale. La personnalité profonde est fort étrange, à certains égards elle paraît stupide, mais sans elle, il n'y a pas de littérature, car à moins de réussir à puiser de temps à autre dans ses profondeurs, on ne saurait produire une œuvre de première qualité. » Et maintenant V. S. Naipaul vient de construire tout son discours du prix Nobel (*Two Worlds*, 2001) sur une lecture du *Contre Sainte-Beuve*, qui vérifie sa propre expérience : « Nous devons conserver à l'esprit les propos de Proust (sur les deux moi de l'artiste créateur) chaque fois que nous lisons la biographie d'un écrivain, ou de quiconque appuie son activité sur ce qu'on appelle l'"inspiration". »

Revel, lui, rejette absolument la théorie de Proust ; il conclut son attaque : « À la thèse [de Sainte-Beuve] que l'œuvre procède du moi des dîners en ville, Proust réplique qu'elle procède d'un moi qui ne mange jamais. » Mais je me demande si ici cet esprit, pourtant si rationnel, ne se trouve pas, par son tempérament même, mal disposé à concevoir la « duplicité » du romancier. N'extrapolerait-il pas à partir d'un cas remarquable, mais exceptionnel : le sien propre ? Car sa puissante intelligence et son intégrité forment effectivement un seul bloc, sans faille ; avec les fulgurants raccourcis de son humour, il fait parfois penser à Chesterton, géant intellectuel bâti lui aussi d'une pièce, et qui parlait à tous d'une même voix. « Chesterton, disait son frère (qui le connaissait bien), est un homme qui exprime ses opinions car il a plaisir à les exprimer. Mais il les exposerait avec la même verve, la même énergie et la même éloquence à un inconnu rencontré dans l'autobus. »

Writer's block

Pourquoi ce titre anglais ? Pour la simple raison qu'il n'a pas d'équivalent en français, me semble-t-il. « Panne d'inspiration » et « blocage » sont d'application trop large. « Crampe de l'écrivain » vise bien la littérature, mais ne réussit pas à suggérer dans toute sa brutalité la situation de l'écrivain qui ne trouve plus rien à écrire.

Le chinois, pas plus que le français, ne dispose d'un terme spécifique pour désigner ce phénomène et pourtant, dès le IXe siècle, Jia Dao – poète laconique et rare – en avait donné une bonne description : « Trois ans pour écrire deux vers ! Je me les chante – et je pleure… »

Sur tous les continents, à toutes les époques, des artistes sans nombre se sont lamentés sur cette même épreuve. Conrad la décrivait ainsi : « Chaque matin, je m'assieds religieusement à ma table, chaque jour je reste assis pendant huit heures – et tout ce que je fais, c'est ça : rester assis. Au bout de chacune de ces séances de huit heures, je n'ai écrit que trois phrases que je dois d'ailleurs biffer avant de quitter ma table dans un complet désespoir… Seules une résolution farouche et la mobilisation de toutes mes forces me permettent de contrôler un furieux désir de me cogner la tête contre le mur. Je voudrais hurler et écumer de rage, mais je n'ose pas m'abandonner à cette impulsion, car je crains de réveiller le bébé et d'alarmer ma femme... »

Nulle réussite ne saurait conjurer cette angoisse permanente du blocage. « Pour un écrivain, le succès n'est jamais qu'un échec différé », dit Graham Greene, et Jules Renard confessait : « Je devrais pourtant y être habitué, mais chaque fois qu'on me demande d'écrire quelque chose, n'importe quoi, je suis troublé comme si j'écrivais ma première ligne. Cela tient à ce que je ne fais pas de progrès, et que j'écris quand ça me vient et que *j'ai toujours peur que ça ne vienne pas.* »

Hemingway – qui finit par se brûler la cervelle sous la pression d'un blocage sans remède – avait cherché une recette contre ce mal : écrire chaque jour quelques lignes comme on tire de l'eau d'un puits ; après un seau, disait-il, la nappe souterraine reprend son niveau. Mais si vous pompez trop d'eau d'un coup, vous risquez de vous retrouver à sec.

Poursuivant cette image hydraulique, on pourrait dire que les écrivains coincés cherchent parfois à amorcer la pompe en s'adonnant à d'autres travaux littéraires : ainsi Camus, précocement vidé par ses premiers succès, s'attela un temps à des adaptations théâtrales d'œuvres étrangères. Pour d'autres, les traductions littéraires peuvent remplir une fonction semblable. Et il en va de même en musique : Chostakovitch, qui souffrit de temps à autre d'un cruel tarissement de son inspiration, traitait cette condition en se livrant à des transcriptions orchestrales.

« Inspiration » est une notion indéfinissable, mais sa présence ou son absence sont des réalités bien évidentes, surtout pour le malheureux écrivain qui s'échine à sa poursuite. La correspondance de Flaubert n'est que le long hurlement de frustration « d'un pauvre homme, courageux autant que tous les lions [c'est Léon Bloy qui parle] s'efforçant vingt années d'extraire de son intestin le ténia séditieux et inextirpable de l'inspiration ».

Tout artiste créateur est un homme visité. Le paysagiste chinois Guo Xi (XIe siècle), avant de peindre, procédait à des ablutions, nous dit son fils, et brûlait de l'encens « comme s'il attendait un hôte de marque ». Les poètes sont particulièrement conscients de l'importance de cet état de réceptivité – ainsi, Henri Michaux : « La poésie est un cadeau de la nature, une grâce, pas un travail. La seule ambition de faire un poème suffit à le tuer. »

Toute vraie création a un aspect extatique. Un peintre chinois du XVIIe siècle avait pris l'habitude de détruire ses peintures au fur et à mesure de leur achèvement, car c'était l'expérience spirituelle de l'exécution qui l'intéressait, tandis que l'œuvre achevée n'en était que le résidu. D. H. Lawrence a bien parlé de cette expérience : « Cette absorption heureuse et intense dans un travail que l'on pousse aussi près que possible de la perfection est *un état dans lequel on est avec Dieu*, et les gens qui n'ont jamais connu ça sont passés à côté de la vie. »

Sans cette extase inspirée, pas de poème. Mais cela

entraîne un corollaire souligné par Jean-François Revel : « Le génie poétique n'est pas seulement rare, il se manifeste rarement chez ceux qui le possèdent. » Les poètes en conviennent eux-mêmes. Ted Hughes estimait que même les plus grands poètes n'ont guère écrit que trois ou quatre pages de vraie poésie, le reste n'étant que versification. Et Randall Jarrell était plus pessimiste encore : « Un bon poète est quelqu'un qui, passant une vie entière à s'exposer dehors à tous les orages, réussit à se faire frapper cinq ou six fois par la foudre. »

Le drame, c'est que les trop brefs et trop rares moments où l'artiste est « avec Dieu », où le poète « est frappé par la foudre » créent chez eux un inapaisable besoin – et le tarissement de leur inspiration les laisse inconsolables. « La récompense de l'art n'est ni la gloire, ni le succès, mais l'intoxication. Et c'est pourquoi tant de mauvais artistes sont incapables de renoncer », disait Cyril Connolly. C'est bien vrai – et pas seulement pour les mauvais artistes.

Inconséquence et contingence

INCONSÉQUENCE DE JULIEN SOREL. « Nous sommes quelquefois aussi différents de nous-mêmes que des autres. » Tout romancier pourrait tirer parti de cette observation de La Rochefoucauld. Mais c'est une notion qui semble avoir échappé à Somerset Maugham quand il écrivit son essai critique sur *Le Rouge et le Noir*. Il y reprochait à Stendhal une curieuse contradiction : le trait dominant du caractère de Julien est l'empire qu'il exerçait sur lui-même ; mais vienne la crise décisive de sa vie, et il se comporte avec l'impulsivité d'un étourdi. Or, la première règle d'un romancier (pensait Maugham) est de toujours veiller à ce que ses personnages agissent « in character » – de façon conséquente avec leur personnalité. Mais n'est-ce pas justement l'observance mécanique de ce principe qui a condamné une si grande part des romans et nouvelles de Maugham lui-même à ne guère dépasser le niveau d'un intelligent théâtre de marionnettes ? Il a cependant au moins écrit un chef-d'œuvre, *Cakes and Ale* (*La Ronde de l'amour*), qui échappe à son habituelle machinerie trop bien huilée ; mais précisément la clé de cette exceptionnelle réussite réside dans le comportement illogique et imprévisible de son héroïne.

Tchekhov, lui, savait tout cela d'instinct. Dans une grande nouvelle – étrange et puissante – *Récit d'un inconnu*, il évoque un personnage secondaire, un fonctionnaire mou et falot, d'une assez basse veulerie. À un détour de l'intrigue, ce comparse s'assied au piano et « les yeux fixés au plafond, comme s'il cherchait à se souvenir, il interpréta deux morceaux de Tchaïkovski ; merveilleusement, avec tant de chaleur, tant d'intelligence ! Il avait son air de tous les jours, ni intelligent ni bête, et je trouvais simplement prodigieux qu'il fût capable de sentiments aussi sublimes, aussi inaccessibles, aussi purs. » Et d'emblée, le flot mystérieux de la vie soulève le récit.

CONTINGENCE SARTRIENNE. Tchekhov (encore lui) a noté qu'au théâtre si, à l'acte I, il y a un pistolet sur une table, quelqu'un s'en servira à l'acte III. Il en va de même dans les films ; c'est au sortir d'un cinéma que Sartre a eu la révélation de la contingence – après le film où nul détail n'est gratuit, il découvre qu'« il n'y a pas de nécessité dans la rue : les gens se déplaçaient, ils étaient quelconques ».

Mais notre instinct exige avec passion que les choses aient un sens – et c'est bien pour cela qu'on lit et écrit des romans. Il nous faut, après coup, investir d'une signification tout ce qui nous arrive d'inattendu. Nous pouvons endurer n'importe quel

« comment », disait Nietzsche, pourvu que nous en sachions le « pourquoi ». Sur l'irruption du contingent dans une existence, Dashiell Hammett a écrit une troublante petite fable (elle figure dans *Le Faucon maltais*, où elle n'a d'ailleurs nul lien avec l'intrigue). Un jour, dans une ville de province, un agent immobilier cossu, bon citoyen, bon mari, bon père, sort un moment de son bureau pour déjeuner – et disparaît sans laisser de traces. Une enquête serrée ne découvre rien dans son présent ni dans son passé qui puisse expliquer cette disparition subite. Bien des années après, un détective le retrouve par hasard dans une autre ville ; il a changé de nom, mais son existence est très semblable à celle qu'il menait autrefois ; il s'est marié – sa seconde épouse ressemble à la première, « ce genre de femme qui joue bien au bridge et s'intéresse aux nouvelles recettes de salade ». Il confesse ce qui lui était arrivé : comme il allait déjeuner, une poutrelle de fer tombée d'un immeuble en construction manqua l'écrabouiller sur le trottoir. Il se retrouva indemne, mais saisi d'épouvante, « comme si quelqu'un avait soulevé le couvercle de la vie pour lui en découvrir la machinerie interne » : l'univers auquel il croyait coller si harmonieusement n'était qu'un décor fictif, puisque l'accident d'une poutre tombée du ciel pouvait le pulvériser en moins d'une seconde. La sagesse serait donc d'épouser ce même hasard, auquel il abandonna aussitôt sa vie ; il partit, dérivant comme un clochard durant des semaines et des mois. Mais comme son errance demeurait dépourvue de nouveaux accidents, insensiblement, il retrouva son ancienne routine. Après s'être immédiatement ajusté à un monde où des poutres vous tombent sur la tête, progressivement il se réadapta à nouveau à un monde où elles ne tombent pas.

Informations saugrenues

Des caleçons de Lu Xun
au mal de mer de Conrad

Durant la dernière entrevue qu'il eut avec le roi de Prusse, Napoléon examina longuement les pantalons gris de son interlocuteur. Il lui demanda finalement : « Êtes-vous obligé tous les jours de boutonner tous ces boutons-là ? Est-ce que vous commencez par le haut ou par le bas ? »

Ce profond échange entre les deux souverains a été préservé dans les *Mémoires de Louise de Prusse*, Claudel le reproduisit dans son *Journal*, d'où, à mon tour, je le tire aujourd'hui. C'est ce genre de notations qui fait le charme de ce *Journal*.

Dans un de ses derniers essais, Orwell confessait : « Je ne saurais ni ne voudrais jamais abandonner la vision du monde que j'ai acquise dans mon enfance. Tant que je serai en vie et en bonne santé, je continuerai à aimer la surface de la terre, à chérir le contact des objets solides, et ne cesserai jamais de prendre plaisir à collectionner des bribes d'informations saugrenues. »

Je sympathise avec ce goût des informations saugrenues. J'ai longtemps rêvé d'écrire un livre sur Lu Xun – le plus original des écrivains chinois du XXe siècle – et, à cette fin, j'avais amassé pendant une quinzaine d'années une masse de matériaux hétéroclites. J'aurais pu vous dire quelles étaient ses cigarettes favorites (« My Dear »), ou vous décrire l'état délabré de ses caleçons (il avait porté les mêmes, dûment rapetassés, pendant trente ans). Ce trésor de savoir tenait en un paquet de fiches qu'il ne me restait plus qu'à mettre en forme. L'accomplissement de ce projet aurait confirmé l'adage : un chercheur universitaire est un individu qui en sait toujours plus sur un sujet toujours moindre, en sorte qu'il finit par savoir tout de rien. Hélas ! je n'ai pas d'ordre. Valéry a remarqué : « Si ta règle est le désordre, tu paieras d'avoir mis de l'ordre. Suis ta règle. » C'était bien vu. À la veille d'un déménagement, j'ai si soigneusement rangé mes fiches que je ne les ai jamais retrouvées.

Je crains fort de bientôt renouveler cette mésaventure – cette fois à propos de Joseph Conrad, sur lequel je prépare un essai. En voici quelques bribes, sans queue ni tête – sauvées d'avance, bien inutilement.

BÊTISIER – Parmi les sottises qui ont été dites sur Conrad, il me peine de devoir citer deux auteurs admirables. Orwell : « Un des signes les plus sûrs du génie de Conrad, c'est que les femmes n'aiment pas ses livres. » Ici, Orwell ne révèle rien que sa propre misogynie. Nabokov : « Conrad est un écrivain pour boy-scouts. » L'hostilité de Nabokov n'est pas littéraire mais politique : son grand-père Dimitri fut chargé par le tsar de réprimer l'insurrection polonaise de 1862, dont le père de Conrad avait été l'un des principaux instigateurs. Presque toute la proche famille de Conrad fut anéantie par cette féroce répression. Sans pouvoir l'avouer, ce que Nabokov ne pardonne pas à Conrad, c'est sa dénonciation prophétique (et passionnément européenne) de la barbarie russe.

MER – L'homme qui nage dans l'océan, lutteur solitaire aux prises avec le destin, est une image récurrente dans l'œuvre de Conrad. Paradoxe : Conrad lui-même ne savait pas nager.

Capitaine au long cours, Conrad épouse à l'âge de trente-neuf ans, après des fiançailles soudaines et bizarres, la jeune fille (vingt-trois ans) qui lui dactylographiait ses manuscrits. Traversant la Manche en voyage de noces, à la stupéfaction effarée de la mariée, Conrad est saisi d'un affreux mal de mer.

FEMMES – Encore célibataire, Conrad entretint une amitié sentimentale avec la ravissante et spirituelle veuve d'un parent éloigné, Marguerite Poradowska. Marguerite, son aînée de neuf ans, était elle-même romancière. Bruxelloise d'adoption, elle fournit à Conrad les introductions qui facilitèrent son aventure congolaise. Sa tendresse à la fois amoureuse et maternelle éclaira longtemps la noire et incurable solitude de Conrad. Marguerite, née Gachet, était une cousine du Dr Paul Gachet, collectionneur, médecin et ami de Van Gogh, Pissarro et Cézanne. Conrad qui visita l'appartement parisien du docteur ne semble pas avoir été très sensible aux chefs-d'œuvre post-impressionnistes qui en tapissaient les murs. L'endroit lui fit un effet de « cauchemar avec ces peintures de l'école de Charenton ».

ARGENT – Conrad a toujours vécu au-dessus de ses moyens. En Polonais de bonne souche, il trouvait normal d'habiter un manoir au milieu d'un parc, servi par sept domestiques. Le déclin de son art durant ses dernières années est tragiquement évident : écrire lui devint une torture, mais il fallait payer les factures du ménage. Trois mois avant sa mort, le gouvernement britannique offrit de l'anoblir ; l'offre ayant été envoyée sous un pli d'aspect redoutablement officiel, Conrad crut qu'il s'agissait d'une sommation du fisc – et il l'abandonna sur sa table sans avoir le courage de l'ouvrir. (En fin de compte, le Premier ministre le relança par téléphone – mais Conrad déclina cet honneur. N'était-il pas déjà gentilhomme de naissance ?)

Marginales

De biais. Dans un passage de son Journal, Alan Bennett décrit comment, au cours d'une visite en Égypte, il se retrouva coincé au milieu d'une cohorte de touristes qui piétinaient sous un soleil implacable à travers une poussiéreuse étendue de caillasse ; le glorieux site qu'il était venu admirer ressemblait tout bêtement à une carrière désaffectée dans laquelle s'entassait une foule en sueur. Devant ce spectacle, il se demanda si, au fond, le tourisme n'était pas comme la pornographie : la recherche désespérée d'une sensation perdue.

Et le fait est que seules les impressions accidentelles laissent une empreinte durable sur notre sensibilité ; nous ne les avions pas recherchées – et moins encore, n'avions réservé à cette fin une place dans un tour organisé. Comme le disait à peu près E. M. Forster, la mémoire ne retient vraiment que ce que l'on a saisi de biais. Il y a aussi des Égypte de l'esprit ; et en fin de compte, c'est peut-être le hasard des lectures et des notes marginales qui permet encore le mieux d'échapper à leur aridité.

NOSTALGIE. J'ai revu l'autre soir à la télévision le fameux film documentaire que Leni Riefenstahl avait consacré aux jeux Olympiques de Berlin (1936). Un minuscule détail – involontaire et dénué de pertinence – m'a si vivement frappé que je veux le noter ici.

Dans une séquence consacrée aux régates de voile, on voit en gros plan, durant une fraction de seconde, le visage d'un équipier de foc tandis qu'il souque son écoute de toutes ses forces : *une cigarette lui pend aux lèvres*. Un sportif en train de fumer en pleine action, durant une compétition olympique !

On avait oublié l'existence même de cette réalité : oui, il y eut un âge où il était possible de faire du sport *simplement pour le plaisir*.

FABLE. Dans *À défaut de génie*, François Nourissier écrit « Jean d'Ormesson a choqué en avouant un jour, lui l'indiscuté champion des interventions télévisées, qu'il avait, sur le plateau des émissions littéraires, l'impression d'être au bordel. Il voulait dire, me semble-il, quelque chose d'assez simple : nous devrions peut-être nous méfier de la frontière incertaine entre explication et plaidoyer… », etc.

Mais, en fait, n'est-ce pas encore beaucoup plus simple – et plus clair ? Le phénomène est d'ailleurs bien antérieur à l'invention de la télévision – qui n'y peut mais ; il est lié depuis toujours au navrant besoin d'être publié et lu. Multatuli (1820-1887) qui, outre son chef-d'œuvre *Max Havelaar*, avait rédigé un recueil intitulé *Idées*, a écrit une petite fable à ce sujet :

« C'était le soir. Une femme m'accosta. “N'avez-vous vraiment rien de mieux à faire que vous vouliez ainsi faire commerce de vous-même”, lui dis-je en la repoussant.

» Le lendemain soir, je la retrouvai sur mon chemin, et elle me lança un exemplaire de mes *Idées* à la figure.

» Ça m'a fait mal. »

AUTOPORTRAIT. Dans sa ville natale, Le Pérugin a décoré de fresques le Collège des Changeurs et, au milieu de ces fresques, il a ménagé un médaillon dans lequel il a peint son autoportrait – avec un réalisme dont la brutalité tranche singulièrement sur le restant de son œuvre.

Ainsi, le peintre suave et éthéré des harmonies diaphanes, le chantre des pâles et gracieux androgynes, avait lui-même une figure mafflue de charcutier enrichi ! Mais pourquoi s'en étonner ? Bien souvent les artistes édifient leurs créations non pas sur ce qu'ils possèdent, mais avec ce qui leur manque.

COÏNCIDENCE. Précisément le jour où des cambrioleurs m'ont délesté de quelques possessions auxquelles je tenais fort, j'arrive dans mon travail de traduction des *Entretiens de Confucius* à ce passage : « Le seigneur Ji Kang s'était fait voler. Il demanda conseil à Confucius, qui lui répondit : “Monsieur, si vous étiez sans convoitise, vous payeriez les gens, qu'ils ne vous voleraient pas.” » Je devrais en retirer des consolations spirituelles. En fait, je ne peux m'empêcher de trouver que le Maître a parfois un certain côté « Ah Q » (célèbre personnage satirique créé par Lu Xun, Ah Q s'était inventé une méthode pour transformer toutes les défaites de sa lamentable existence en autant de « victoires morales »). Mais c'est pourtant vrai qu'on ne devrait jamais posséder que ce que l'on peut posséder avec nonchalance.

HOMME DE LETTRES. À la mort de sa jeune femme, Dante Gabriel Rossetti avait placé dans le cercueil, en guise de pieuse offrande, un manuscrit de ses propres poèmes. Mais il n'en avait pas d'autre copie. Aussi, quelque temps plus tard, il se ravisa et fit déterrer sa femme pour récupérer son manuscrit.

AUTORITÉ. En Chine, au XVIIIe siècle, quand un haut fonctionnaire soumettait un rapport à l'Empereur, l'étiquette prescrivait qu'il fît une faute d'orthographe dans un caractère, à la première ou à la deuxième page de son rapport. Ceci donnait à l'Empereur l'occasion de faire montre de sa vigilance et de son autorité en rectifiant l'erreur, sans devoir pour autant lire le rapport jusqu'au bout.

PEINTURES NOMADES. Degas maudissait cette façon qu'on avait (déjà à son époque !) de changer les œuvres de place dans les musées : « Le Louvre n'est plus ce qu'il était, se plaignait-il, depuis qu'on s'est mis à y bouger les peintures. Comment peut-on déplacer une peinture ? Est-ce qu'on déplace les autels dans une église ? » (Oui, hélas !) « Car une peinture est dans un musée comme un autel dans son église. Et la lumière dans laquelle vous la voyez fait partie d'elle. Déménagez la Joconde, et elle cesse d'être la Joconde. Mais allez donc faire comprendre ça aux conservateurs qui sont tous des journalistes ratés, des barbares, des brutes ! » (Le comte Kessler a noté ces propos dans son journal en 1903, à la suite d'une soirée passée chez Ambroise Vollard en compagnie de Degas, Forain et Sert.)

Aujourd'hui, que dirait Degas s'il pouvait voir la belle insouciance avec laquelle les conservateurs envoient leurs trésors prendre l'air aux quatre coins du monde ? Hier, c'était la Joconde qu'on expédiait à Washington (Malraux voulait faire plaisir à Kennedy), puis maintenant, c'est *La Liberté guidant le peuple* qui doit se balader du côté de Tombouctou ou de Tokyo… De même que le plus grand plaisir de lire est dans la relecture, tout le bonheur de fréquenter régulièrement les musées est de pouvoir y retrouver des œuvres aimées à leur place familière. Passant par Paris ce dernier printemps, j'étais allé comme d'habitude au musée d'Orsay pour saluer Daumier. Catastrophe ! La salle était vide : Daumier était parti à Ottawa ! Une même guigne m'a poursuivi en province ; faisant escale à Pau, spécialement pour revoir Degas et son *Bureau de coton à La Nouvelle-Orléans*, là aussi je fis buisson creux : le Degas venait de se mettre en route… pour La Nouvelle-Orléans, figurez-vous !

Après Pau, je m'arrêtai à Bayonne, où la remarquable collection du musée Bonnat (Rubens, Goya, Géricault, Ingres, etc.) n'était pas visible : la direction du musée avait eu la fabuleuse idée publicitaire d'inviter un écrivain célèbre à réarranger à sa fantaisie l'accrochage de l'ensemble des peintures, qui se trouvaient donc en plein déménagement. Quelque autre année, sans doute confiera-t-on cette même opération à un cinéaste fameux, puis à un grand couturier, à un politicien à la retraite, à un ensemblier-décorateur en vogue ou à une vedette de la télévision... Je ne doute pas que tous ces gens aient un goût excellent, mais je ne brûle pas du désir d'en sonder les ressources. Je voudrais simplement pouvoir contempler en paix les peintures du musée.

QUAND ON LIT CERTAINS OUVRAGES DE SOCIOLOGIE, de sciences politiques ou de théorie littéraire, on souscrirait volontiers à cette suggestion jadis formulée par un de mes collègues : de même que les gouvernements de certains pays hyperdéveloppés paient de temps à autre leurs paysans pour qu'ils ne produisent *pas* de beurre ou de maïs, ne pourrait-on pas subsidier certains universitaires pour qu'ils *cessent* d'écrire des livres ?

CE QUI EST INIMITABLE CHEZ L'AUTOCRATE, c'est le naïf sentiment du pouvoir. Finalement, les despotes sont moins cyniques que crédules. Voyez, par exemple, cette anecdote dans les *Mémoires* de Chostakovitch : un général de Nicolas Ier avait une fille ; celle-ci épousa un hussard contre la volonté de son père. Le père demanda au tsar d'intervenir, et Nicolas Ier promulgua aussitôt deux décrets : le premier annulant le mariage, le second *rétablissant la virginité de la fille.*

EMERSON A RAISON : « Dante était un convive désagréable, et aussi nul ne l'invitait jamais à dîner. »

Ce propos me revient à l'esprit comme je lis le compte rendu idiot d'une biographie de Soljenitsyne. Le critique en question paraît fort choqué de découvrir que Soljenitsyne est plutôt mauvais coucheur. On s'en doutait un peu : s'il avait été modeste, accommodant, sociable, pacifique, complaisant, diplomate et facile à vivre, il aurait certainement fait un agréable voisin de campagne – mais comment diable aurait-il pu devenir Soljenitsyne ?

DOSTOÏEVSKI EST FRAPPÉ D'UNE CRISE D'ÉPILEPSIE dans le musée de Bâle, devant le *Christ mort* de Holbein. La peinture occidentale, de Grünewald à Goya, de Greco à Van Gogh et à Munch, ne manque pas, il me semble, d'œuvres susceptibles de déclencher de semblables accidents dans des organismes hypersensibles. En revanche, il serait inconcevable, *par définition même*, qu'une peinture chinoise produisît pareil effet – même la violence d'un Xu Wei ou l'inquiétante bizarrerie d'un Wu Bin ou d'un Chen Hongshou se sauraient vraiment infirmer cette observation. Une seule exception cependant : l'angoissant Gong Xian de la collection Drenowatz (*Mille pics et dix mille ravins*, musée Ritberg, Zurich) : peinture si dense, que nul air n'y circule – le seul paysage suffocant que je connaisse.

PERFECTION MORTELLE. Une des plus pures expressions de la Renaissance florentine, c'est probablement la chapelle des Pazzi : austère lisibilité des lignes, clarté des formes, raffinement exquis des proportions, rigoureuse unité de la conception qui organise tous les éléments du décor et les subordonne à une idée directrice. Rien n'est laissé au hasard – et c'est peut-être là que le bât blesse : entrée interdite à la vie dont l'irruption dérangerait cet ordre ! C'est un danger qu'on perçoit mieux encore dans l'admirable église San Spirito (de l'autre côté de l'Arno), également un chef-d'œuvre de Brunelleschi, car cette église-là sert encore quotidiennement au culte : pas question donc de la « muséifier » en marge de l'existence quotidienne. On y mesure combien sa perfection même la rend affreusement vulnérable aux moindres accidents de la vie : un vilain saint de plâtre par ici, un autel baroque par là, une fenêtre qu'on a murée pour des raisons pratiques, ou une autre qu'on a agrandie, toutes ces modifications improvisées y deviennent autant d'outrages. Pour emprunter un terme de boxe, le monument n'a aucune « capacité d'encaisse » ! La moindre altération est ici un coup sauvage qui frappe de plein fouet et défigure cruellement.

En revanche, les grandes cathédrales médiévales, qui n'étaient pas une solution individuelle apportée à un théorème d'esthétique, mais constituaient une tentative collective pour embrasser la totalité du monde, étaient inachevables par leur nature même ; elles demeurent œuvres ouvertes et manifestent une capacité d'accueil et d'absorption quasi illimitées ; elles ont l'estomac solide, elles digèrent allégrement les alluvions des siècles successifs et des styles les plus divers.

Dans ce sens, la cathédrale disparate, hétéroclite et vivante est vraiment une transposition dans la pierre de la vision de saint Augustin : « Je cessai d'aspirer à un monde meilleur, car je contemplais enfin la création dans sa totalité, et à la lumière de cette intelligence plus claire, j'en vins à comprendre que, bien que les choses supérieures fussent meilleures que les choses inférieures, *la somme totale de la création est meilleure que les choses supérieures toutes seules.* »

DANS LA BASILIQUE SAINT-PIERRE à Rome, le touriste (français, hélas !), qui flétrit d'une voix tonitruante le baldaquin du Bernin pour son… baroquisme, me rappelle irrésistiblement un propos d'Alphonse Allais : « Le caoutchouc serait un matériau remarquable, n'était-ce que son élasticité le rend impropre à beaucoup d'usages. »

FOI : les gens qui vont prier pour la pluie se munissent rarement d'imperméables.

LES PLUS HAUTES INTELLIGENCES ne profèrent pas moins de sottises que le commun des mortels ; simplement, elles le font avec plus d'autorité.

Quand Sartre déclara que Mauriac n'était pas romancier, la victime aurait pu se consoler en songeant que ce même juge avait également découvert qu'Orson Welles n'était pas cinéaste. Dans les deux cas, sa méthode fut la même : d'abord énoncer une définition arbitraire de ce qu'est LE roman, LE cinéma ; puis confronter l'œuvre analysée à ce dogme, et conclure à l'inexistence de la première. Sartre assumait ainsi la position d'un bureaucrate courtelinesque – ou kafkaïen – qui exigerait pour traiter avec un interlocuteur que celui-ci produise d'abord un certificat attestant qu'il est bien en vie ; seulement ce certificat ne pourrait précisément être délivré que par ce même bureaucrate.

La pièce à conviction, qui entraîna pour Welles cette condamnation sans appel, n'était autre que... *Citizen Kane* ! Je n'ai pas sous la main le texte original de Sartre (lequel avait paru dans *L'Écran français*) mais seulement un résumé reproduit dans la revue anglaise *Sight and Sound*, que je traduis ici : « Bien que *Kane* ait pu être intéressant pour les Américains, il était complètement démodé pour nous, car le film tout entier était basé sur un malentendu portant sur la nature même du cinéma. Ce film est conjugué au passé, alors que nous savons tous que le cinéma doit être un art du présent : "Je *suis* l'homme qui est en train d'embrasser la fille, je *suis* la fille qui se fait embrasser, je *suis* l'Indien qui est poursuivi, je *suis* le type qui poursuit l'Indien." N'importe quel film conjugué au passé est l'antithèse du cinéma ; *Citizen Kane* ne saurait donc être du cinéma. »

La revue anglaise ajoute que cet article eut un grand retentissement à l'époque et fut partiellement responsable du mauvais accueil que le public intellectuel de Paris devait faire ensuite à *Magnificent Ambersons* (*La Splendeur des Amberson*).

MALENTENDU CRÉATEUR. Il y a des œuvres qui gagnent à n'être pas comprises.

Une journaliste qui interviewait Julien Green (il y a assez longtemps de cela) découvrit que celui-ci était un spectateur assidu des films de James Bond. Mais, d'après une personne qui l'accompagnait parfois au cinéma, il paraît que l'écrivain embrouillait toujours complètement les fils du scénario. Ceci, évidemment, explique tout : l'intrigue la plus idiote doit acquérir de troublantes profondeurs après avoir traversé les filtres et les alambics du père de *Moïra*.

Dans le domaine de ces malentendus créateurs, je me souviens de certains publics africains dont l'imagination touchait au génie. Dans ma jeunesse, j'ai fait un curieux voyage à pied dans une région déshéritée du Kwango, en pays bayaka. Là, dans les villages de la brousse, un commerçant grec équipé d'une camionnette et d'un groupe électrogène venait de temps à autre organiser des séances de cinéma ambulant (je vous parle d'avant l'Indépendance ; car aujourd'hui, y aurait-il toujours des Grecs entreprenants dans la région, je doute qu'ils puissent encore trouver des pistes carrossables pour atteindre ces hameaux lointains). Les films que montrait le Grec étaient de vieilles productions hollywoodiennes avec des femmes fatales, des téléphones blancs et des gangsters à cigares et complets rayés. Étaient-ils pourvus d'une bande sonore ? Celle-ci aurait été de peu d'utilité, car les spectateurs n'entendaient que le kiyaka. En revanche, ils s'inventaient, à partir de ces images incertaines qui dansaient sur un écran de fortune dans la nuit crissante d'insectes, des épopées prodigieuses qui surclassaient de très loin tout ce qu'aurait jamais pu concevoir l'imagination des scénaristes hollywoodiens.

Les seuls acteurs noirs qui apparaissaient dans les films américains de cette époque étaient invariablement confinés dans de minuscules rôles de figurants muets : un portier d'hôtel, un cireur de bottes, une cuisinière de grande maison, un porteur de gare, etc. Mais c'était sur eux que se concentrait tout l'intérêt passionné de l'assistance. Aux yeux de celle-ci, ils devenaient les vrais héros du film : et d'ailleurs, la rareté même de leurs apparitions ne faisait que confirmer cette importance occulte et centrale des rôles que leur prêtait l'inspiration collective des spectateurs. Leurs entrées en scène, exceptionnelles et inopinées, étaient chaque fois saluées d'une énorme ovation, et toujours précédées d'une intense attente. Quelquefois, il arrivait que le figurant noir disparût définitivement après ne s'être manifesté qu'une seule fois – n'importe ! il n'en devenait que plus libre de poursuivre ses fabuleuses aventures dans cet autre film, invisible et superbe, dont l'écran ne montrait que le misérable envers.

À TAIWAN, UNE REVUE HISTORIQUE et culturelle avait publié un article analysant un aspect moins connu de la vie de Han Yu, un grand écrivain du IXᵉ siècle (dynastie Tang). Selon l'auteur de cette étude, Han Yu aurait contracté une maladie vénérienne en fréquentant des prostituées lors de son séjour en Chine méridionale, et ce seraient les drogues à base de soufre avec lesquelles il avait essayé de se soigner qui auraient finalement entraîné sa mort.

Un descendant de Han Yu à la trente-neuvième génération, estimant que la mémoire de son ancêtre s'était trouvée insultée par cette publication, intente au nom de la victime un procès en diffamation à la revue, et le gagne : le directeur de la revue est condamné à une amende de 300 dollars, ou à un mois de prison ; il se pourvoit en appel, mais son appel est rejeté.

Tout en déplorant pareille restriction apportée à la liberté d'expression, on ne peut s'empêcher d'admirer une société dont la conscience historique est si vive qu'elle permet de traiter la réputation d'un écrivain mort depuis onze cents ans comme s'il s'agissait d'un contemporain.

L'IDÉE QUE LES ŒUVRES D'ART sont dues à des hommes de goût est fort répandue ; elle n'en est pas moins fausse. Sinon, il resterait à expliquer pourquoi les meilleurs peintres réussissent immanquablement à se choisir des cravates hideuses (dans ce domaine-là, n'importe quel garçon-coiffeur pourrait leur en remontrer). Comme si la création artistique était une extension du métier de grand couturier ou d'ensemblier décorateur !

Dans *The Portrait of a Lady* (*Portrait de femme*), Henry James montre bien que le goût infailliblement exquis de Gilbert Osmond voue ce sinistre individu à une stérilité de caillou.

Degas qu'on avait mené à l'ouverture d'un nouveau magasin chic fulminait : « Tant de goût mènera au bagne ! » Selon ce que rapporte Daniel Halévy, il tenait d'ailleurs le goût pour une forme de vice. « Le goût ! Ça n'existe pas ! On fait de belles choses sans le savoir ! Ils se prennent la tête à deux mains et ils se disent : "Comment trouver une jolie forme de pot de chambre ?" Mais les malheureux ! si leurs pots de chambre sont des œuvres d'art, ils auront tout de suite une rétention d'urine ! »

CE QUI CIMENTE UN GROUPE SOCIAL, armé de tous les rites et instruments du pouvoir et de la religion, c'est moins une nécessité économique qu'un sentiment de terreur devant le mystère du monde et la menace des choses. Au fond, *Lord of the Flies* (*Sa Majesté des mouches*), de William Golding, est une sorte de paraphrase du propos d'Alain : « La société n'est pas fille de la faim, mais de la peur. »

ESCALE À HAWAII. Le plus horrible, ce sont ces foules de touristes qui ont payé des sommes considérables pour s'assurer huit jours de bonheur et qui, dans leurs uniformes bigarrés de forçats du loisir, patrouillent lugubrement ce vaste Luna-Park en cherchant à se convaincre qu'ils en ont vraiment pour leur argent.

Léon Bloy, commentant le fameux passage de saint Paul selon lequel, dans cette vie, nous ne percevons les choses que « de façon obscure et comme dans un miroir », se demandait si cette vue *inversée* du miroir ne suggérait pas, par exemple, que les plaisirs des vivants fussent un reflet des tourments des damnés. Et en effet, on voit bien comment les délices de Hawaii (ou d'un paquebot de croisière, ou du Club Méditerranée, etc.) pourraient donner une idée assez exacte de l'enfer.

OMBRES DE SALAZAR. Je retrouve dans un vieux carnet de la fin des années soixante un petit entrefilet que j'avais découpé dans un journal, avec l'idée qu'il y aurait là matière à fascinants développements. Le relisant aujourd'hui, je me rends compte que toute glose serait bien pâle en regard de la réalité nue. Voici cette coupure :

« *Portugal – ombres de Salazar* : Quoique le règne de Salazar ait pris fin l'année dernière après avoir duré trente-six ans, le vieillard n'en sait rien lui-même. Toujours paralysé depuis l'attaque qui l'a frappé il y a treize mois, Salazar continue à convoquer des Conseils de Cabinet auxquels ses vieux ministres viennent fidèlement participer, bien que plusieurs d'entre eux aient, entre-temps, perdu leur portefeuille.

Personne n'a encore trouvé le courage d'annoncer au dictateur octogénaire qu'on l'avait remplacé au pouvoir. »

Le succès est vulgaire

Ces individus qui savent tout et qui ne comprennent rien. D'habitude c'est un reproche que l'on serait plutôt tenté d'adresser aux critiques universitaires : mais cette fois il m'est irrésistiblement venu à l'esprit à la lecture du dernier volume (publié de façon posthume) des carnets d'Edmund Wilson, *The Sixties*. En fait, il y a longtemps déjà qu'on aurait pu s'en douter : certaines flèches d'Anaïs Nin (qui, pour fabulatrice qu'elle ait été, possédait néanmoins une étonnante intuition des êtres), puis surtout la fascinante correspondance échangée par Wilson et Nabokov auraient dû nous éclairer : au fond, le vieux géant des lettres américaines n'était-il pas effroyablement creux ?

Pour le plus clair, *The Sixties* est un tissu de mondanités : on s'y gargarise de noms fameux et de papotages littéraires dans des salons illustres – le clou étant constitué par un grand dîner officiel à la Maison Blanche des Kennedy. Notez cependant que le livre n'est pas complètement inintéressant ; ici et là, il est relevé de traits bien ajustés. Ainsi par exemple, au sujet de Cartier-Bresson, l'auteur remarque qu'« il est si peu provincial que l'on a peine à croire qu'il soit un Français moderne » ; ou encore, il consigne des observations originales d'interlocuteurs divers : Malraux lui déclare que « le Metropolitan Museum de New York, au fond, est un musée de sous-préfecture. Le vrai musée, c'est la National Gallery de Washington ». (À première vue, cette opinion semble absurde ; mais quand on y songe un peu, on voit qu'elle contient une sorte de pertinence excentrique.)

Il y a aussi des passages dont l'indiscrétion tourne à la vulgarité. Est-il aucune forme d'exhibitionnisme sexuel que la jeunesse et la beauté pourraient jamais racheter ? J'en doute fort, mais une chose est certaine : des vieillards qui se déshabillent en public sont toujours d'une insoutenable obscénité. Wilson consigne pesamment les détails physiologiques de sa vie conjugale, un peu à la façon dont un zoologue décrirait un laborieux coït d'éléphants. Un de ces épisodes figure d'ailleurs à la fin d'un paragraphe qui avait commencé par la mention d'un rendez-vous chez le dentiste. Le rapprochement inconscient semble lugubrement approprié.

Seulement, ce ne sont encore là que broutilles. En revanche, je me suis senti vraiment estomaqué en lisant le passage suivant :

« (J'ai dîné avec Mike Nichols) ; il avait tout juste lu Tolstoï : *La Mort d'Ivan Ilitch*, qui lui avait fait une impression profonde. Contrairement à beaucoup de lecteurs, cette œuvre me laisse froid. Il m'est impossible de croire qu'un homme comme Ivan Ilitch, quand il examine rétrospectivement sa vie, puisse estimer qu'elle ait été vide et futile. Je ne crois pas que Tolstoï, à l'époque où il écrivait ses grands romans, aurait jamais pu concevoir un personnage pareil. »

Gore Vidal, dans son compte rendu de *The Sixties*, a tout spécialement monté ce passage en épingle : « C'est la pure vérité : un Ivan Ilitch n'aurait jamais pu considérer que son passé avait été vide et futile – exactement comme Edmund Wilson lui-même avait toutes les raisons de juger que sa vie avait été fascinante et comblée. » Avec cet ahurissant propos, Vidal met involontairement dans le mille – le corollaire de son observation étant en effet que, si un haut magistrat comme Ivan Ilitch, à la lumière de sa mort prochaine, pouvait soudainement découvrir que sa vie, apparemment si réussie, avait été en fait un affreux désert, il faudrait conclure alors que des hommes de lettres aussi influents que Wilson et Vidal lui-même devraient peut-être se livrer également à un sérieux examen : la certitude qu'ils avaient de leur propre importance était-elle vraiment justifiée ? Mais probablement s'agit-il là d'un exercice auquel nul homme qui « a réussi » ne voudrait volontiers se soumettre. Quiconque, en fin de parcours, a le sentiment d'avoir réussi sa vie, ne devait pas avoir visé bien haut au départ.

Durant leur existence, Wilson et Vidal ont dévoré des bibliothèques entières. Que tant de lectures aient finalement abouti à si peu de sagesse semblerait bien imposer une conclusion : les livres sont essentiellement inutiles. (On s'en doutait un peu – et d'ailleurs, c'est bien pour ça qu'on les aime tant.)

Éloge de la paresse

L'autre jour, nous sommes allés rendre visite à de vieux voisins qui, ayant récemment pris leur retraite, se sont installés à la mer. Comme je les complimentais sur les loisirs illimités dont ils devaient maintenant jouir, ils me répondirent sur un ton quelque peu défensif que, dans leur nouvelle situation, ils se trouvaient en fait beaucoup plus occupés qu'au temps de leur vie professionnelle. Maintenant, nous expliquèrent-ils avec fierté, ils avaient tellement d'activités et d'obligations, qu'il leur avait fallu établir un strict emploi du temps. Et, effectivement, l'horaire de la semaine était affiché dans la cuisine, sur la porte du frigo : on y lisait les heures respectivement allouées aux classes de yoga, au groupe de randonnées, au bowling, au club culinaire et gastronomique, au bingo, au golf, aux activités d'artisanat artistique (dans ce dernier domaine, les assiettes peintes qui décoraient leurs murs faisaient regretter que la maîtresse de maison n'eût pas opté plutôt pour une judicieuse inactivité).

Chesterton avait déjà confessé son étonnement devant pareille attitude : « Il y en a qui grognent quand ils voient quelqu'un qui n'a rien à faire ; il y en a d'autres, plus incompréhensibles encore, qui grognent quand ils n'ont eux-mêmes rien à faire. Offrez-leur de merveilleuses heures, de merveilleuses journées complètement vides, et ils gémissent devant tant de vide. Faites-leur don de la solitude – ce qui est aussi un don de liberté – et ils la rejettent, ils s'empressent de la détruire avec quelque effroyable jeu de cartes, ou en tapant sur une petite balle... Je ne puis réprimer un frisson quand je les vois qui gâchent leurs vacances conquises à grand effort, en faisant quelque chose. Pour ma part, jamais je n'aurai suffisamment de rien-à-faire. »

Pierre Reverdy a remarqué : « Il me faut tellement de temps pour ne rien faire, qu'il ne m'en reste plus pour travailler. » Ceci est d'ailleurs une excellente définition de l'activité poétique, laquelle est elle-même le fruit suprême de la vie contemplative. Bien sûr, nous devons reconnaître les mérites de Marthe qui s'occupe des besognes ménagères, mais nous savons bien que c'est Marie qui a choisi la meilleure part, simplement en demeurant assise aux pieds du Seigneur. Ce que l'opinion commune flétrit sous le nom de paresse reflète en réalité un jugement plus sûr et requiert plus de caractère que la fuite facile dans l'activisme.

La Bruyère le disait déjà : « Il faut en France beaucoup de fermeté et une grande étendue d'esprit pour se passer des charges et des emplois, et consentir ainsi à demeurer chez soi, à ne rien faire. Presque personne n'a assez de mérite pour jouer ce rôle avec dignité, ni assez de fond pour remplir le vide du temps, sans ce que le vulgaire appelle des affaires. Il ne manque cependant à l'oisiveté du sage qu'un meilleur nom, et que méditer, parler, lire et être tranquille s'appelât travailler. »

Depuis l'Antiquité, on a toujours considéré que le loisir était la condition première de toute existence civilisée. Confucius a dit : « Consacrez au gouvernement les loisirs de l'étude, et consacrez à l'étude les loisirs du gouvernement. » Politique et savoir étaient des privilèges jumeaux de l'honnête homme, et tous deux prenaient leur source dans le loisir. Les Grecs développèrent une notion similaire, qu'ils appelaient *scholê*. Ce mot désigne littéralement la condition d'un individu qui s'appartient à lui-même, qui a la libre disposition de soi ; de là, le sens de « repos », « loisir », et donc aussi la façon dont le loisir est employé : « étude », « savoir » ; et encore : le lieu où l'étude se poursuit, où le savoir s'acquiert – *scholê* est l'étymologie d'« école ». Dans la Grèce antique, la politique et la sagesse étaient l'apanage exclusif des hommes libres, qui seuls jouissaient de loisirs. Le loisir n'était pas seulement l'indispensable attribut de « la vie bonne », c'était aussi la marque d'un homme libre. Dans un dialogue de Platon, Socrate demande de façon rhétorique : « Sommes-nous des esclaves, ou bien avons-nous du loisir ? » De Grèce, la notion passa à Rome ; le concept même d'*artes liberales* incarne à nouveau cette même association des activités de l'esprit avec la condition d'homme libre (*liber*), par opposition à celle des esclaves, dont les aptitudes relevaient seulement de la sphère inférieure de la « technique ». Ces vues ont persisté dans la culture occidentale jusqu'à l'époque moderne. Samuel Johnson ne faisait qu'exprimer une évidence de bon sens lorsqu'il observait que « tout progrès intellectuel est un produit du loisir ». Mais un siècle plus tard, Nietzsche notait déjà l'érosion du loisir civilisé sous la pression de ce qu'il considérait comme une délétère influence américaine : « Il y a quelque chose de barbare, caractéristique du sang peau-rouge dans cette soif américaine de l'or. Leur furieux besoin de travailler – qui est un vice typique du Nouveau Monde – est en train de barbariser par contamination la vieille Europe, et engendre ici une extraordinaire stérilité spirituelle. Déjà nous devenons honteux de notre loisir ; une longue méditation nous cause presque du remords... "Faites n'importe quoi, mais ne restez pas à ne rien faire" : ce principe est la corde avec laquelle toutes les formes supérieures de culture et de goût vont se faire étrangler... On en arrivera au point où plus personne n'osera céder à une inclination pour la vie contemplative sans en ressentir du repentir et de la honte. Et pourtant, jadis c'était le contraire qui était de règle : un gentilhomme, que les circonstances obligeaient à travailler, s'efforçait de dissimuler cette humiliante nécessité, cependant que l'esclave travaillait avec le sentiment que son activité était essentiellement méprisable. »

Aujourd'hui, par un paradoxe ironique, le *Lumpen-proletariat* est condamné aux loisirs forcés d'un chômage chronique et dégradant, cependant que les membres de l'élite éduquée, dont les professions libérales ont été transformées en démentes machines à faire de l'argent, se condamnent eux-mêmes à l'esclavage d'un travail accablant qui se poursuit jour et nuit, sans relâche – jusqu'à ce qu'ils crèvent à la tâche, comme des bêtes de somme écrasées sous leur fardeau.

Les cigarettes sont sublimes

« Quoi que puisse dire Aristote et toute la philosophie, il n'est rien d'égal au tabac. C'est la passion des honnêtes gens, et qui vit sans tabac est indigne de vie… » (Molière, *Dom Juan.*)

Après une assez longue recherche, j'ai enfin réussi à me procurer le livre de Richard Klein, *Cigarettes Are Sublime* (traduit chez Seghers sous le titre *De la cigarette…*), mais au lieu de le lire aussitôt, je l'ai rangé sur un rayon de ma bibliothèque, et ne l'ai pas encore ouvert. Pourquoi ? Je me demande si ce qui m'arrête n'est pas la crainte inconsciente que ce livre n'ait précisément accompli ce que j'avais vaguement rêvé de faire moi-même. Le projet que je caressais, c'était de faire une sorte d'anthologie littéraire et picturale célébrant le tabac. Pour les illustrations, il y aurait d'abord eu des « Tabagies » des vieux maîtres des Pays-Bas – Brouwer, Van Ostade, Teniers, etc. ; puis, pour l'époque moderne il y aurait eu Baudelaire avec sa pipe, vu par Courbet ; le portrait de Mallarmé par Manet, montrant le poète enveloppé du ruban bleu de la fumée de son cigare ; la pipe sur la chaise de Van Gogh ; divers portraits de fumeurs par

Cézanne et Degas. Même les musiciens auraient été mobilisés pour mon entreprise : il y a un fort touchant propos de Jean-Sébastien Bach qui affirme d'une même haleine sa foi en Dieu et la confiance qu'il plaçait dans sa pipe. Ayant déjà composé une *Cantate du café*, quel dommage qu'il n'ait pu aussi faire une *Cantate du tabac* ! Aujourd'hui, ç'aurait pu constituer un splendide hymne de combat pour soutenir le moral des pauvres fumeurs aux abois.

Du côté littéraire, mon anthologie aurait été confrontée à un véritable embarras de richesses. Balzac aurait naturellement fourni de mémorables passages sur le cigare. (Rappelez-vous par exemple, dans *La Fille aux yeux d'or*, après que le jeune de Marsay réussit finalement à obtenir les faveurs de la mystérieuse et insaisissable « fille aux yeux d'or », au terme d'une enivrante nuit de passion, il quitte au petit matin la demeure de la belle et, une fois dans la rue, il allume un cigare ; il en exhale une longue bouffée et soupire : « Voilà au moins ce dont un homme ne se lassera jamais ! ») Mais sans doute le recueil entier devrait-il être placé sous le patronage spirituel de Samuel Johnson : il n'est pas étonnant que cette inépuisable fontaine de sagesse sur tous les sujets sublunaires ait aussi célébré les mérites du tabac dans quelques propos mémorables. Par exemple, il attribuait l'admirable placidité des Hollandais à leurs habitudes de fumeurs (ainsi qu'à leur goût pour le jeu de dames). Pour Johnson, dont l'esprit était hanté par une crainte névrotique de la folie (souvenez-vous, dans *Rasselas* : « De toutes les incertitudes de notre présente condition, la plus affreuse et la plus inquiétante est l'incertaine continuation de notre raison. »), le tabac apparaissait comme un puissant calmant, et Hawkins l'entendit déclarer : « À mesure que l'usage du tabac diminue, l'insanité augmente. » Aujourd'hui, les lubies fanatiques du lobby antitabac vérifient éloquemment l'exactitude de cette observation.

En fait, les bouffonneries des activistes antitabac auraient pu offrir de riches matériaux pour toute une section de mon anthologie. Il n'y a guère, un hebdomadaire anglais a rapporté une anecdote exemplaire : dans le compartiment passablement rempli d'un train, deux amoureux qui s'embrassaient avec passion depuis un bon moment en vinrent finalement à exécuter un accouplement complet sous l'œil impassible des autres passagers. Enfin, comme *post-coitum* les amants allumaient une cigarette, leurs covoyageurs sortirent soudain de leur réserve et leur rappelèrent avec indignation qu'il est tout à fait inapproprié de fumer dans un lieu public.

Cette anecdote révélatrice pourrait trouver son corollaire dans un autre épisode ferroviaire que le père de C. S. Lewis aimait à raconter. A. N. Wilson a reproduit cette véridique histoire dans sa biographie de C. S. Lewis. La scène se passait dans l'Ulster, au début de notre siècle. Albert Lewis – le père de C. S. Lewis – « voyageait dans un de ces trains à l'ancienne mode, sans corridors, où les passagers sont emprisonnés dans leur compartiment tant que le train est en marche ». Il n'était pas seul dans son compartiment : en face de lui, était assis un autre voyageur, un fermier d'allure respectable, vêtu d'un complet de tweed, mais dont l'expression tendue s'expliqua bientôt par un impérieux besoin naturel. Comme le train continuait à ahaner par monts et par vaux sans aucune gare en vue où il eût été possible de trouver des toilettes, le personnage en question baissa son pantalon, s'accroupit sur le plancher du compartiment, et déféqua. Quand cette opération fut achevée et que le voyageur, maintenant rhabillé, se trouva à nouveau assis en face d'Albert Lewis, l'odeur qui flottait dans le compartiment devint si épouvantable, que Lewis se sentit au bord de la nausée. Faute de pouvoir noyer ce redoutable fumet, Albert Lewis tenta d'au moins le diversifier en allumant sa pipe. Mais à cet instant, l'étranger assis en face de lui, qui n'avait pas dit un mot de tout le voyage, se pencha vers lui, et d'un index sévère indiqua une affichette collée à la fenêtre, sur laquelle il était écrit : DÉFENSE DE FUMER. Pour C. S. Lewis, cette anecdote que racontait son père avait toujours résumé d'une certaine façon démente une vérité profonde au sujet de l'Irlande du Nord, et ce que cela signifiait d'y vivre.

Il ne fait aucun doute que si la brigade antitabac pouvait en venir à ses fins, elle transformerait bientôt le monde entier en une sorte d'Ulster lugubre et lunatique. C'est pour cette raison-là, je pense, que – alors même que je ne fume plus guère maintenant – chaque fois que le choix m'en est offert, d'instinct, j'opte toujours pour la section fumeurs dans les cafés, restaurants, salles d'attente et autres lieux publics :

la compagnie y est plus sympathique. D'un certain point de vue, les fumeurs bénéficient d'une sorte de supériorité spirituelle sur les non-fumeurs : ils ont une conscience plus aiguë de notre commune mortalité. Mais sur ce point, ils doivent de la gratitude au lobby antitabac. En effet, les avertissements que la loi ordonne d'imprimer sur les paquets de tabac et de cigarettes font involontairement écho à un très beau rite ancien de l'Église catholique : au début du carême, le mercredi des Cendres, comme chaque fidèle est marqué au front avec les cendres bénites, le prêtre lui rappelle : « Souviens-toi que tu es poussière, et que tu retourneras en poussière. » La plupart du temps, la vie moderne s'efforce d'émousser ou d'oblitérer en nous la pensée de la mort. Cette conscience ne doit pas être confondue avec un culte morbide de la mort – qui, lui, répugne à l'humanisme chrétien (*¡ Viva la muerte !* était un obscène slogan fasciste ; quand un des généraux de Franco le lança au début de la guerre civile espagnole, Unamuno, qui était à la fin de sa vie, le dénonça en un discours, inspiré par une passion sublime). Au contraire, cette conscience est une célébration de la vie. Mozart a confié dans une lettre qu'il pensait chaque jour à la mort, et que cette pensée était la source profonde de toute sa création musicale. Elle explique certainement la joie inépuisable de son art.

Je ne veux pas dire que l'inspiration qu'on peut tirer des avertissements funèbres lancés par les divers bureaux de la santé et de la pensée correcte va transformer tous les fumeurs en autant de Mozart, mais certainement ces rappels stridents viennent paradoxalement parer l'usage du tabac d'une séduction neuve – sinon d'une signification métaphysique. Chaque fois que j'aperçois une de ces menaçantes étiquettes sur un paquet de cigarettes, je me sens sérieusement tenté de me remettre à fumer.

Comment lire ?

Rien n'est irritant comme de voir quelqu'un qui, tout en visant *presque* juste, réussit à *complètement* manquer la cible. Chesterton comparait ce genre de frustration à la vue d'un chapeau tombé à la mer, que la vague remporte juste comme il allait toucher la grève. J'ai éprouvé cette sensation l'autre jour dans une librairie, comme je feuilletais le dernier livre de Harold Bloom, *How to read and why*. Ce livre contient nombre d'observations vigoureuses et salubres auxquelles on ne peut qu'applaudir de tout cœur, ainsi par exemple : « J'aurais peur pour l'avenir de la démocratie si les gens cessaient de lire », ou encore : « Déchiffrer des textes sur un petit écran, ce n'est pas lire. » Et je me suis tout d'abord réjoui de voir que, dans sa sélection des chefs-d'œuvre de la littérature mondiale, Bloom avait très justement placé une nouvelle de Tchekhov, *L'Étudiant*. Malheureusement, quand il se met à expliquer les raisons de cet excellent choix, il développe une interprétation tellement obtuse de l'œuvre pour laquelle il venait de professer son admiration que tout le crédit que l'on aurait été tenté d'accorder à son jugement littéraire s'en trouve aussitôt annulé.

Comme c'est souvent le cas des plus belles nouvelles de Tchekhov, *L'Étudiant* est un récit très court – à peine trois pages – et presque dénué d'intrigue. Un jeune étudiant en théologie a regagné son village pour les vacances de Pâques ; c'est le Vendredi saint, il vient de passer l'après-midi à chasser dans les bois, et il rentre chez lui au crépuscule. Le temps est encore très froid ; il s'arrête au passage pour se réchauffer un moment près d'un grand feu que des voisines – une veuve et sa fille – ont allumé dans leur cour. Debout près du feu, comme il bavarde avec les deux femmes, il se remémore soudain un passage de l'évangile de la Passion qu'on a lu la veille à l'église durant l'office du Jeudi saint, et il le rappelle à ses voisines : la nuit où Jésus fut arrêté, Pierre s'était également tenu près d'un pareil feu dans la cour du palais du Grand Prêtre ; comme il se réchauffait parmi les gardes et les serviteurs, on se mit à lui poser des questions. Il prit peur, et nia par trois fois avoir jamais rencontré Jésus. À ce moment précis, un coq chanta, et Pierre, prenant soudain conscience de ce qu'il venait de dire, « sortit de la cour et pleura amèrement ». Comme l'étudiant prend congé des deux femmes, il s'aperçoit avec surprise que la veuve est en train de pleurer silencieusement, tandis que sa fille paraît en proie à une vive détresse, « comme si elle cherchait à contenir une extrême souffrance ». Reprenant son chemin dans la nuit qui monte, il s'interroge sur l'émotion des deux femmes : leurs larmes « montraient que tout ce qui était arrivé à Pierre durant l'horrible nuit avait une signification spéciale pour elles... Manifestement, ce qu'il venait de raconter, et qui s'était passé il y a dix-neuf siècles, avait un rapport avec le présent, avec les deux femmes, et sans doute aussi avec ce village perdu, avec lui-même, avec l'humanité entière. Si elles avaient pleuré, ce n'était pas parce qu'il était doué d'une éloquence particulière, mais bien parce que Pierre leur était proche… Et une vague de joie déferla soudain dans le cœur de l'étudiant… Tandis qu'il traversait la rivière par le bac et qu'il gravissait la colline, il regarda son village natal et, à l'ouest, la mince bande de pourpre froide laissée par le soleil couchant. Et il pensa à la vérité, à la beauté et il vit qu'elles avaient régi la vie des hommes en ce temps-là, dans le Jardin des Oliviers et dans la cour du Grand Prêtre, et qu'elles s'étaient perpétuées sans interruption jusqu'au jour présent… Un sentiment de jeunesse, de santé, de force – il n'avait que vingt-deux ans – en même temps que l'anticipation indiciblement douce du bonheur, d'un bonheur inconnu, mystérieux, l'envahirent progressivement. Et la vie lui parut enivrante, merveilleuse, pleine d'une haute signification ».

Tchekhov a écrit quelque deux cent cinquante nouvelles. Entre toutes, il confessa préférer celle-ci. Mais Harold Bloom s'étonne de cette prédilection : « Pourquoi donc Tchekhov plaçait-il cette nouvelle au-dessus de tant d'autres récits dans lesquels ses admirateurs trouveront plus de substance et de vitalité ? Je n'en vois pas bien la raison… Dans *L'Étudiant*, si l'on excepte ce qui se passe dans l'esprit du protagoniste, tout est épouvantablement déprimant. C'est en fin de compte ce surgissement irrationnel d'une joie impersonnelle et d'un espoir personnel issus de tout ce froid et de cette misère, ainsi que les larmes après le reniement, qui semblent avoir ému Tchekhov lui-même… » Pourtant, Bloom demeure perplexe : « Cette joie ne comporte aucune trace de piété authentique ni de salut. »

Si la nouvelle semble mystérieuse, c'est simplement parce que la simplicité d'âme est ici-bas le plus grand mystère qui soit. À part cela, elle ne comporte en vérité qu'une seule énigme : Tchekhov qui s'est toujours déclaré résolument agnostique fait preuve ici d'une intelligence intuitive de l'essence même de l'expérience religieuse, qui en remontrerait aux théologiens les plus chevronnés. On peut naturellement supposer que l'étudiant en question était pieux et érudit ; il croyait donc sincèrement que les événements qui avaient entouré le reniement de Pierre avaient effectivement eu lieu mille neuf cents ans auparavant dans la cour du palais du Grand Prêtre ; sa foi lui avait enseigné que le récit évangélique était *vrai* – mais maintenant les larmes des deux femmes lui révèlent soudain qu'il est *réel*. Ainsi cet épisode ne relève plus seulement de l'histoire – il appartient au présent. Les larmes des femmes ont permis au jeune théologien d'effectuer un bond géant qui le transporte du domaine du savoir abstrait à celui de l'expérience concrète : de la vérité à la réalité – cette réalité qui est le terreau même où s'enracine toute vérité. (Comme disait C. S. Lewis : « La vérité est toujours à propos de quelque chose, tandis que la réalité est cela même dont parle la vérité. ») Au lieu de réfléchir sur des dogmes et des doctrines, l'étudiant est tout à coup face à l'évidence. D'où sa joie, qui est en effet irrésistible et mystérieuse, mais ne présente certainement rien d'« irrationnel », contrairement à la bizarre assertion de Bloom.

Cependant Tchekhov, avec la scrupuleuse honnêteté intellectuelle qui ne le quitte jamais, signale encore que d'autres éléments ont pu intervenir dans la joie extatique de l'étudiant : « La jeunesse, la santé, la force » – car, après tout, « il n'avait que vingt-deux ans ».

Sonate pour piano et aspirateur

Un jour comme il s'exerçait à son piano, le jeune Glenn Gould – il avait alors quatorze ans – fit une découverte mémorable. La femme d'ouvrage qui était en train de nettoyer la pièce mit soudain l'aspirateur en marche, tout près du piano. L'assourdissant bruit mécanique oblitéra aussitôt le son de la musique, mais, au grand étonnement du pianiste, cette situation ne lui fut nullement déplaisante. Il cessa d'entendre ce qu'il jouait ; en revanche, il lui devint tout à coup possible de suivre sa musique de l'intérieur même de son corps, par l'intermédiaire d'une conscience plus aiguë de ses gestes – et toute son expérience de l'exécution en acquit une autre dimension, tout à la fois plus physique et plus abstraite : la fugue qu'il était en train de jouer se trouvait directement transmise de ses doigts à son cerveau.

Dans la suite, il décrivit lui-même le phénomène : « Bien entendu, je continuais à sentir – je pouvais éprouver cette relation tactile avec le clavier qui est si riche d'associations acoustiques ; et aussi je pouvais *imaginer* les sons que je produisais, même sans les entendre. Chose étrange, cette nouvelle forme de musique me parut soudain supérieure à tout ce qui avait précédé l'intervention de l'aspirateur, et les passages dont je ne pouvais plus entendre le moindre son me semblaient les meilleurs. » (Mark Twain a remarqué que la musique de Wagner perdait beaucoup à être entendue – je comprends ce qu'il voulait dire, mais ce n'est pas de cela que parlait Gould.)

J'ai trouvé cette anecdote dans la biographie de Glenn Gould par Peter Ostwald. Ostwald, qui était lui-même musicien, et psychiatre, et ami de Gould, se trouvait triplement qualifié pour explorer le développement de ce génie excentrique. Il commenta cet épisode particulier : « En effaçant la musique, le bruit mécanique de l'aspirateur déplaça l'attention de Gould, et l'aiguilla vers les sensations internes de son corps, lui permettant d'ignorer les effets acoustiques de son jeu. Ce fut comme un *trip* à l'intérieur de lui-même, et il en retira un vif plaisir… Tout comme certaines formes de méditation, les visions, l'hypnose et autres techniques pour altérer subitement les états de conscience, cette expérience semble avoir révélé à Gould un aspect inconnu du phénomène musical. Ce fut comme une épiphanie, cette sorte de *high* émotionnel que les adolescents (et d'autres gens aussi, bien sûr) atteignent à des moments où ils sont particulièrement vulnérables et qui peuvent changer leur vie de manière décisive. »

Cette soudaine découverte que fit Gould de l'écart qui sépare la musique abstraitement perçue par le cerveau de la musique sensible à l'oreille, bien qu'elle ait constitué pour lui une expérience heureuse, ne fut pas fondamentalement différente de ce que Beethoven vécut comme une épreuve tragique, quand la surdité le força d'explorer cette dimension muette de la musique.

Ou encore, pour emprunter une comparaison picturale, on songe aux grands nymphéas que Monet peignit vers la fin de sa vie, après que la cataracte lui eut gravement affecté la vision. Et il y a également ces paysages de Huang Binhong, superbement noirs et farouches avec leurs épais encrages, que l'artiste peignit vers l'âge de quatre-vingt-deux ans, à un moment où il était devenu complètement aveugle. Dans la suite, une opération lui rendit une vue partielle, mais, même avant cette intervention chirurgicale, il n'arrêta pas de peindre ; bien qu'il ne pût voir ce que produisait son pinceau, il se laissait guider par ces rythmes calligraphiques qu'il avait quotidiennement cultivés durant toute sa longue existence. Pour lui, même quand la peinture avait cessé d'être une expérience visuelle, elle demeurait encore une respiration vitale.

Cette musique silencieuse dont Beethoven et Gould eurent la révélation dans des circonstances très différentes était depuis longtemps bien connue des Chinois. Sans doute avaient-ils été plus naturellement amenés à en faire la découverte : dans la musique classique chinoise, en effet, les partitions sont des tablatures : elles n'indiquent pas les notes de musique, mais seulement la succession des mouvements des doigts sur les cordes. Aujourd'hui encore, les maîtres de la cithare (*gu qin*), dans leurs exercices quotidiens, jouent quelquefois de la « cithare muette » : ils exécutent un morceau entier sans émettre un seul son, laissant planer leurs mains au-dessus de l'instrument sans toucher les cordes de leurs doigts.

Au début du Ve siècle, un illustre original, Tao Yuanming – peut-être le poète le mieux aimé des Chinois –, allait plus loin encore : il emportait partout avec lui une cithare sans cordes. Comme on lui demandait à quoi pouvait bien lui servir un tel instrument, il répondit : « Je cherche seulement l'inspiration qui dort au cœur de la cithare. À quoi bon m'exténuer à faire du bruit sur les cordes ? »

Les écrivains et l'argent (I)

Faut-il écrire pour gagner de l'argent ou gagner de l'argent pour écrire ?

Il n'est pas de sujet sublunaire que la sagesse de Samuel Johnson n'ait illuminé d'un de ses déconcertants paradoxes ; ainsi, sur la question qui nous occupe ici : « Nul homme, à moins d'être un complet idiot, ne voudrait jamais rien écrire, sauf si on le paie pour ça. » Le fidèle Boswell nota scrupuleusement ce propos, mais il ne put cacher sa perplexité : sûrement, le maître voulait plaisanter ? La noble et inlassable activité d'une vie entière dévouée au service des lettres ne donnait-elle pas le démenti à une aussi cynique affirmation ?

Oui et non. D'une part, on se rappelle comment Johnson rédigea son admirable *Rasselas* en quelques semaines, à seule fin de payer les funérailles de sa mère. Pressé par la nécessité, il pouvait déployer une prodigieuse invention ; mais en même temps sa propension naturelle à l'indolence n'était pas moins colossale. En vieillissant, comme il commença à jouir enfin d'une modeste aisance, sa production littéraire se ralentit. À Boswell qui s'était respectueusement enquis des raisons de cette relative oisiveté, il répondit sans ambages : « Non, mon cher, je ne suis nullement obligé d'en faire plus. Nul n'est tenu d'aller au bout de ses forces. Un homme se doit de conserver une part de sa vie pour lui-même. »

Mais ces vues ne furent pas partagées par tous les grands écrivains de son époque. Voltaire, par exemple, au lieu d'écrire pour gagner de l'argent, gagnait de l'argent pour écrire. Grâce à des investissements judicieux et d'habiles spéculations financières, il avait accumulé une fortune considérable qui lui permit d'écrire en toute liberté : assis sur la frontière franco-genevoise dans son domaine de Ferney, comme un chat perché sur une palissade, dès que la censure menaçait d'un côté, il pouvait s'esquiver de l'autre. Rousseau, lui, malgré toutes ses humaines faiblesses, avait une réelle noblesse d'âme ; il n'était pas moins assoiffé de liberté que Voltaire, mais l'argent l'indifférait. Toute l'Europe lettrée s'arrachait ses livres, mais à une époque qui ignorait le copyright, ce succès lui apportait la gloire sans pouvoir le nourrir. Vers la fin de sa vie, déclinant les offres de généreux mécènes, il subvenait à ses besoins en copiant de la musique : il avait calculé très exactement le nombre de pages qu'il lui fallait copier chaque jour pour maintenir son modeste ménage à flot ; ce quota une fois rempli, il était libre de disposer du reste de sa journée. De cette manière, il pouvait concilier sécurité matérielle et paix intérieure : « J'ai toujours senti que l'état d'auteur n'était, ne pouvait être illustre et respectable qu'autant qu'il n'était pas un métier. Il est trop difficile de penser noblement quand on ne pense que pour vivre. »

Les écrivains qui avaient longtemps dépendu du patronage de la Cour ou de l'aristocratie virent leur existence progressivement assurée par le développement de l'activité commerciale des imprimeurs et des libraires. Mais l'édition moderne n'est vraiment apparue qu'au XIXe siècle avec ses relations personnelles – intimes et parfois difficiles – entre auteurs et éditeurs. À notre époque, les vues d'un certain nombre d'écrivains pourraient être assez bien résumées par Edmund Wilson : « Tous les éditeurs sont des chiens. » Mais parfois l'opinion des éditeurs n'est guère plus flatteuse – ainsi celle de Gaston Gallimard, par exemple : « Un auteur, un écrivain, le plus souvent n'est pas un homme. C'est une femelle qu'il faut payer tout en sachant qu'elle est toujours prête à s'offrir ailleurs. C'est une pute. »

Quand les auteurs se plaignent des éditeurs, leurs jérémiades adoptent des tons variés, mais elles tournent en général autour d'un seul et même thème : l'argent. Tantôt ils font entendre des gémissements piteux – ainsi Henry James se lamentant dans une lettre à son éditeur, « dans nos relations, le délicieux tintement des écus est surtout remarquable par son absence » – et tantôt ils vomissent d'écumantes injures, comme Céline (s'adressant à Denoël) : « Si vous ne me volez pas, vous n'êtes pas conforme à ma vision des hommes et des choses ! » Ou encore (répondant à Gallimard qui lui avait demandé de patienter un peu pour le versement d'une avance) : « Patience, vertu des ânes et des cocus !... Désastreux épicier !... Ah, si vous pouviez vous torcher avec mes contrats ! me libérer de votre sale bouge ! »

Mais de tels hurlements ne sont jamais qu'un pathétique aveu d'impuissance. Simenon, voulant lui aussi obtenir la résiliation d'un contrat qui avait cessé de lui être avantageux, arriva à ses fins en mettant froidement en œuvre sa connaissance du cœur humain. Il calcula ce que vaudrait pour lui le rachat de ce contrat, convertit la somme en billets de banque, et en bourra une serviette. Il réussit à conclure d'emblée sa négociation, rien qu'en vidant le contenu de la serviette sur le bureau de l'éditeur.

Les écrivains et l'argent (II)

Un spleen à deux francs par jour

C'est parce que Simenon disposait lui-même de vastes ressources financières qu'il put traiter son éditeur avec un aussi magistral aplomb (voir chronique précédente) – mais peu d'écrivains sont matériellement en mesure d'effectuer de pareils coups. Bien que quelques auteurs fameux – Balzac, Hugo, Dumas, Walter Scott, Dickens, Maupassant – aient gagné (et quelquefois perdu) d'immenses fortunes, pour beaucoup d'écrivains le génie littéraire semble avoir été fatalement accompagné d'insécurité et de misère. L'histoire des lettres abonde en anecdotes navrantes, Dostoïevski, bloqué sans le sou à l'étranger, rédigea *L'Éternel Mari* pour obtenir un urgent secours de son éditeur ; mais au moment de poster ce manuscrit sur lequel reposait son dernier espoir, il découvrit qu'il n'avait même plus de quoi en payer l'expédition. Le degré de désespoir et de détresse atteint par Baudelaire semble plus noir encore : un soir, vers la fin de sa vie, le poète entreprit de calculer tout ce que sa plume lui avait jamais rapporté. Il arriva à un total de 15 892 francs et 60 centimes – et l'ami qui fut témoin de cette lugubre comptabilité commenta : « Ainsi ce grand poète, ce penseur terrible et délicat, cet artiste parfait avait gagné, en vingt-six années de labeur, environ un franc soixante-dix centimes par jour. »

Ce qui accablait Baudelaire ce n'était pas la pauvreté elle-même (d'ailleurs sa mère qui l'aimait tendrement ne l'aurait jamais abandonné à son dénuement), mais ce que cette pauvreté signifiait en fait : la brutale indifférence du public lettré. Laissant de côté le problème particulier des auteurs naïfs qui sont grugés par des éditeurs malhonnêtes (cela arrive aussi, cependant), lorsque les écrivains s'adressent à leurs éditeurs pour geindre ou rugir sur des questions d'argent, ce n'est pas la famine ni la rapacité qui les poussent. Ce dont ils ont vraiment faim, c'est de respect et d'attention. Car finalement l'argent n'est jamais qu'un symbole ; et si, par chance, ils venaient à gagner quelques millions à la loterie, gageons que ce pactole soudain ne pourrait guère porter remède à leur plus fondamentale angoisse.

Cyril Connolly a jadis formulé une suggestion qu'il pourrait être intéressant de remettre en circulation : « Les lecteurs, auxquels un livre a particulièrement plu, devraient envoyer à l'auteur une menue contribution pécuniaire, en témoignage de leur appréciation – n'importe quelle somme, disons, pas moins d'une demi-couronne, mais pas plus de cent livres sterling. Les auteurs continueraient à toucher les droits que leur versent les éditeurs, auxquels s'ajouteraient ces pourboires de lecteurs, un peu comme les garçons de café reçoivent en sus de leur salaire les pièces de monnaie que les consommateurs leur laissent dans la soucoupe. Pas plus de cent livres (cela risquerait de me corrompre le caractère) – mais pas moins d'une demi-couronne (cela ne vaudrait rien pour le vôtre). »

Steinbeck a observé : « La littérature pratiquée comme une profession fait paraître le pari aux courses de chevaux comme une occupation solide et stable. » Mais la littérature peut-elle être considérée comme une profession ? C'est bien plutôt une maladie, une thérapeutique, une joie, une monomanie, une bénédiction, une obsession, une malédiction, une folie, une grâce, une passion et bien d'autres choses encore (d'ailleurs « si vous êtes capable de vivre sans écrire, disait Rilke, n'écrivez pas »). Tandis que l'édition, elle, est inéluctablement asservie aux contraintes inhérentes à toute entreprise commerciale – d'où aussi l'implacable insensibilité avec laquelle il arrive que les éditeurs traitent leurs innocents auteurs. Quand Richard Henry Dana écrivit en 1840 son immortel *Deux années sur le gaillard d'avant* (éd. Laffont, 1990, rééd. Payot), il avait vingt-cinq ans, aucune expérience de l'édition et un pressant besoin d'argent. Il s'estima donc très heureux d'avoir trouvé un éditeur new-yorkais disposé à lui acheter pour 250 dollars tous les droits sur son livre pour une durée de trente ans. Cette transaction devait finalement rapporter 50 000 dollars à l'éditeur – somme colossale pour l'époque, mais dont pas un centime ne revint à l'auteur. Quand le livre fut publié en Angleterre, toutefois, l'éditeur londonien décida de sa propre initiative de donner 500 dollars à Dana. Ce doit être le seul exemple dans l'histoire, d'un éditeur versant à un auteur une somme qu'il ne lui devait pas. Inversement, il y a des cas, non moins étonnants et admirables, d'écrivains refusant un paiement qu'ils jugeaient excessif. Comme Robert Louis Stevenson venait d'affréter une goélette pour traverser le Pacifique, le magazine *Scribner* lui offrit 3 500 dollars pour écrire douze articles sur sa croisière. Stevenson répondit : « Je suis sûr que vous payez beaucoup trop ici en Amérique ; je vous supplie de ne plus me gâter – car on me gâte. La richesse ne me tente pas, et je trouve que ces sommes énormes me démoralisent. »

Les écrivains et l'argent (III-Fin)

Le succès est un caprice imprévisible

Revenant à la mésaventure de Richard Henry Dana (voir ma chronique précédente), on ne peut accuser son éditeur new-yorkais d'avoir abusé de son inexpérience ; ce commerçant a fait preuve d'âpreté, mais il ne fut pas malhonnête, et d'ailleurs il avait pris un risque considérable en publiant le manuscrit d'un jeune inconnu. Nul n'aurait pu prévoir l'immense et durable succès de ce livre inclassable.

L'éditeur P.V. Stock avait élaboré une philosophie originale de son métier : « Un éditeur perd toujours de l'argent en éditant – tout le secret est donc d'éditer peu, voire même pas du tout. » Chardonne, qui fut son collaborateur, a décrit cet âge d'or de l'édition : « Ce qui a compté à cette époque était tiré à mille cinq cents exemplaires. Il fallait souvent dix-huit ans pour les écouler. Ces auteurs (aujourd'hui encore estimables) étaient publiés par de petits éditeurs (une pièce et deux employés) aussi pauvres que les écrivains. » Chez Stock, la méthode était simple : « On publiait quarante romans étrangers par an. Deux ou trois allaient à deux ou trois cent mille. On vivait là-dessus : cela couvrait les frais. Les autres, rien. Pourquoi seuls deux ou trois avaient du succès ? On n'a jamais compris, ni comment cela se produisait, ni par quelle voie. »

La sincérité de cette confession est admirable. Les éditeurs, même talentueux et expérimentés, savent rarement ce qu'ils font. Ils pourraient reprendre à leur compte la formule célèbre (de Cocteau ?) : puisque ces mystères nous échappent, prétendons que nous en sommes les organisateurs.

J'ai évoqué ailleurs la naïveté de l'éditeur américain qui avait refusé le chef-d'œuvre d'Orwell, *Animal Farm*, pour la raison que « les histoires d'animaux ne se vendent plus » – mais il ne faut pas oublier que ce même ouvrage avait tout d'abord été rejeté en Angleterre par une maison d'édition raffinée (Faber), dirigée par un poète et critique de génie (T. S. Eliot). De même, si Gallimard commença par refuser Proust, ce fut sur l'avis de deux des meilleurs juges de l'époque, Gide et Schlumberger, qui l'avaient déclaré illisible. Comme d'aussi colossales bévues ne cessent de se reproduire, les éditeurs tâchent de se défendre, en protestant modestement qu'ils ne sont que des hommes d'affaires et non des mécènes. Mais précisément, l'aveuglement littéraire peut coûter très cher à leur négoce.

Métier artisanal à l'origine, l'édition est devenue une industrie. La principale conséquence de cette métamorphose, c'est la chasse au best-seller. Mais les best-sellers surviennent comme des accidents ; ce ne sont pas des événements que l'on pourrait programmer. Les écrivains le savent bien : « Nul ne peut délibérément fabriquer un best-seller », concluait Somerset Maugham – dont la carrière avait pourtant été jalonnée de fabuleux succès – et il raconte comment, avec un ami, il avait une fois essayé d'en confectionner un. Cet exercice les amusa fort, et échoua pour cette raison même. « Tous ceux à qui nous montrâmes notre manuscrit nous dirent la même chose : on sent que c'est une blague. » La leçon est claire : « Vous ne pouvez rien écrire de convaincant à moins d'en être convaincu vous-même. L'auteur d'un best-seller y met tout son cœur. Il donne au public ce que le public désire, parce que c'est ce qu'il désire lui-même. » Quand un livre a du succès, l'idée qu'il ne saurait être bon est un préjugé aussi stupide que la conviction qu'il doit être bon. L'expérience le vérifie constamment : du triomphe commercial d'un livre – ou de son complet échec –, on ne saurait rien déduire en ce qui concerne sa valeur littéraire. Hilaire Belloc dans *The Cruise of the « Nona »* (1925) a formulé là-dessus une conclusion qui mérite d'être citée en entier :

« Pour ceux qui pratiquent la littérature comme leur métier (et ceci fut mon cruel sort depuis l'âge de vingt-cinq ans), c'est certainement le plus dur, le plus capricieux et effectivement le plus abominable de tous les métiers, pour la bonne raison que ce n'aurait jamais dû constituer un métier. Un homme n'est pas plus censé vivre de sa plume, qu'il n'est censé vivre de sa conversation, ou de la façon dont il s'habille, dont il se promène ou dont il voyage. Il n'y a aucun lien entre la fonction des lettres et leur effet économique. Il n'y a aucune relation entre la qualité, ou la médiocrité, ou l'importance d'un ouvrage littéraire, et les sommes qu'on paie pour cet ouvrage. Pareille relation ne serait pas naturelle et en fait elle n'existe pas. Quand les gens disent que la bonne littérature ne se vend pas, ils sont à côté de la question. Parfois la bonne littérature se vend bien, et parfois la très mauvaise littérature se vend tout aussi bien. Il arrive que des livres importants se vendent bien, et il arrive que des livres absurdes, ridicules et faux se vendent fort bien aussi. Le fait est simplement que les ventes d'un livre n'ont rien à voir avec les qualités de ce livre. La relation entre l'excellence ou la pertinence d'un ouvrage littéraire et le nombre de ses lecteurs à un moment donné n'est pas une relation causale : c'est un caprice imprévisible. »

Des mensonges qui disent la vérité

Le paradoxe de l'art et de la littérature

« En art, on donne l'idée du vrai avec du faux. »

Edgar Degas

« La vérité n'est crue que lorsque quelqu'un l'a inventée avec talent. »

George Santayana

« Pour penser clair dans l'ordre humain, vous devez être mu par un poème. »

Les Murray

Cet essai fut conçu à l'origine pour être prononcé comme une communication à la conférence annuelle (2007) de la Cour Suprême australienne ; mais là, à la demande des organisateurs, son titre fut changé en *Vérités historiques et autres* – titre qui parut mieux approprié à un auditoire aussi sérieux. Car les juges sont censés être des gens graves – en effet, ne portent-ils pas toges et perruques pour nous en convaincre (et pour s'en souvenir eux-mêmes) ? Les gens sérieux ne s'intéressent guère aux fictions, quelle qu'en soit la forme ; et aussi, présentée sous le titre frivole que j'avais d'abord proposé, ma causerie n'aurait probablement pas réussi à attirer beaucoup de monde. N'empêche, le titre affiché me causa un certain malaise (car je ne suis pas vraiment un historien) et je profite donc de la présente publication pour me débarrasser de cette annonce légèrement malhonnête.

Mon propos est précédé de trois épigraphes. La plupart des causeries, conférences, et communications de circonstance sont vite oubliées. En revanche, toute épigraphe devrait être mémorable. Mes lecteurs pourront naturellement oublier ce que je vais leur raconter ici, mais il me semble qu'ils devraient quand même retenir ces épigraphes. La première est d'un peintre ; la seconde, d'un philosophe ; et la troisième, d'un poète. Les peintres, les philosophes, les poètes, mais aussi les romanciers – et même les inventeurs et les savants – atteignent tous la vérité par les raccourcis de l'imagination. Considérons quelques-uns de ceux-ci.

Les dialogues de Platon demeurent la pierre angulaire de la pensée occidentale ; souvent, au cœur de ces dialogues, nous trouvons non pas des raisonnements discursifs, mais bien divers « mythes » – sortes de brèves paraboles philosophiques. Le mythe est la forme la plus ancienne de fiction, et aussi l'une des plus riches ; il remplit une fonction essentielle : « Ce que le mythe communique, ce n'est pas la vérité, mais la réalité. La vérité est toujours à propos de quelque chose, mais la réalité est cela même dont parle la vérité. » (C. S. Lewis)

En Chine – à peu près à la même époque que celle de Platon en Occident – les anciens penseurs taoïstes ont également exprimé leurs idées de façon imaginative. Sur le sujet qui nous occupe ici – par quelles voies notre esprit atteint-il la vérité ? – il y a dans Lie Zi un petit conte qui semble particulièrement éclairant.

Au temps des Royaumes Combattants, la cavalerie avait une grande importance militaire, et aussi les divers souverains employaient-ils des experts pour leur procurer de bons chevaux. On prisait par-dessus tout le « super-cheval » (*qian li ma*), une monture capable de galoper mille lieues en un jour sans que ses sabots ne laissent de trace ni ne soulèvent de poussière. Pareils chevaux étaient très recherchés, mais ils étaient aussi excessivement rares, et difficiles à identifier – d'où le besoin de recourir aux services de connaisseurs spécialisés. Le plus célèbre de ces experts était un homme appelé Bole, et il était employé par le duc de Qin. Bole étant devenu finalement trop âgé pour poursuivre ses prospections aux quatre coins du pays, le duc lui demanda s'il ne pouvait pas lui recommander un expert capable de le remplacer. « Si, lui répondit Bole, j'ai un ami, un colporteur qui vend des fagots au marché ; c'est un bon connaisseur de chevaux. » Sur le conseil de Bole, le duc chargea donc l'individu en question de se mettre à la recherche d'un super-cheval. Trois mois plus tard, l'homme était de retour et annonça au duc : « J'ai trouvé votre animal dans tel village : c'est une jument brune. » Le duc envoya aussitôt ses gens, qui ne trouvèrent là qu'un étalon noir. Fort mécontent, le duc convoqua Bole : « Il n'est pas très compétent, votre ami ! Il ne sait même pas distinguer correctement la couleur et le sexe d'un cheval ! » En entendant ces mots, Bole s'exclama, stupéfait : « Formidable ! Il est encore plus fort que je ne pensais – il me surpasse cent et mille fois ! Ce qu'il détecte, c'est la nature interne de l'animal. Il recherche et voit seulement ce qu'il a besoin de voir, et il ignore tout le reste. Sans se laisser distraire pas les apparences externes, il va droit à l'essence intérieure. La façon dont il juge ce cheval montre qu'il serait qualifié pour juger des choses plus importantes que des chevaux ! » Et, inutile de l'ajouter, l'animal en question se révéla être un super-cheval capable de galoper mille lieues en un jour, sans que ses sabots ne laissent de trace ni ne soulèvent de poussière.

En ce qui concerne les moyens d'accéder à la vérité, vous estimerez peut-être qu'une parabole chinoise vieille de plus de deux mille ans ne saurait vous être d'une bien grande utilité. Considérons alors un type de question apparemment plus proche de nous : les processus mentaux suivis par la recherche scientifique moderne.

Claude Bernard, illustre pathologiste dont les recherches et les découvertes ont joué un rôle décisif dans le développement de la science médicale, entrant un jour dans l'amphithéâtre où il allait donner son cours, remarqua quelque chose de particulier : sur une table, il y avait plusieurs cuvettes contenant divers viscères humains ; des mouches s'étaient rassemblées sur une de ces cuvettes. Un esprit ordinaire aurait formulé une observation ordinaire – peut-être pour déplorer le manque d'hygiène du local en question, ou pour recommander au portier de garder les fenêtres fermées. Mais Bernard n'avait pas un esprit ordinaire ; il observa que les mouches étaient toutes sur la cuvette qui contenait des foies – il se dit aussitôt « Mais il doit y avoir du sucre là-dedans ! », et il découvrit la fonction glycogénique du foie – une découverte qui se révéla cruciale pour la compréhension et le traitement du diabète.

Ce n'est pas dans un ouvrage d'histoire de la médecine que j'ai trouvé cette anecdote, mais bien dans le *Journal* de Paul Claudel. Et le poète de commenter : « C'est un procédé d'association d'idées tout à fait analogue à celui de la poésie. Un Rimbaud en aurait fait un vers – qui aurait fait rire les imbéciles. Mais l'impulsion motrice est la même. La source première de la science n'est donc pas le raisonnement, mais la vérification en détail d'un couple proposé par l'imagination. »

Notez que, quand je parle ici de *poésie*, je prends le mot dans son acception la plus fondamentale. Samuel Johnson, dans son monumental dictionnaire de la langue anglaise (1755), assigne trois définitions à *poète* – en ordre décroissant d'importance : premièrement, « un inventeur » ; deuxièmement, « un auteur de fiction » ; et enfin, « un homme qui écrit des poèmes ».

C'est par un saut de l'imagination que l'on saisit la vérité. Ceci est vrai, non seulement pour la pensée scientifique, mais aussi pour la réflexion philosophique. Quand j'étais un jeune étudiant naïf, en première année d'université, le programme de lettres (préparatoire au droit) comportait un cours de philosophie. Cette perspective m'avait tout d'abord fort excité, mais la médiocrité du professeur me fit bientôt déchanter. Toutefois, grâce à une relation familiale, j'avais la chance de fréquenter un philosophe éminent, qui était aussi un homme charmant et généreux. À ma demande, il rédigea pour moi une liste de lectures philosophiques de base : il nota sur une page les références bibliographiques de divers classiques de la philosophie, ainsi que quelques bonnes introductions modernes à l'étude et à l'histoire de la philosophie. Je conservai précieusement ce document, mais il en alla finalement comme de beaucoup d'autres possessions auxquelles je tenais, à force de bourlinguer, je finis par l'égarer. Aujourd'hui, après un bon demi-siècle, j'ai naturellement oublié les divers titres qui figuraient sur cette liste. Ce dont je me souviens clairement toutefois, c'est du post-scriptum que le grand philosophe avait inscrit au bas de la page. Je m'en souviens d'autant mieux que, au moment même, je ne l'avais pas compris, et il m'avait même laissé fort perplexe. Ce post-scriptum disait (souligné) : « Et surtout – ne l'oubliez pas – *lisez beaucoup de romans.* » À la lecture de cette note, l'étudiant immature que j'étais avait été vaguement choqué : en quelque sorte, la remarque ne me paraissait pas suffisamment *sérieuse*. Et, en effet, dans notre naïveté, nous avons souvent tendance à confondre le *sérieux* avec le *profond*. (Dans le journal quotidien, l'éditorial est généralement sérieux, et les caricatures sont amusantes ; mais bien souvent l'éditorial n'est que verbeux, tandis que les caricatures sont pénétrantes.) Ce n'est qu'après bien des années que j'ai commencé à pleinement apprécier toute la sagesse de mon philosophe, et maintenant, je retrouve fréquemment des échos de son conseil. Ainsi, par exemple, Théodore Darlymple (le médecin qui écrit une chronique spirituelle et mordante dans *Spectator*) observait que, entre deux médecins disposant d'une égale qualification professionnelle, il ferait plutôt confiance à celui qui lit Tchekhov. Et pour ma part, j'ajouterais : si je commets un crime, je souhaiterais que mon juge soit un lecteur de Simenon.

Les hommes d'action, les gens qui sont totalement absorbés par leur empoignade avec ce qu'ils appellent « les réalités », ont tendance à considérer la poésie et toutes les autres formes de création littéraire comme une distraction futile. Comme on l'a déjà évoqué plus haut dans une autre chronique, Mawson – le grand explorateur de l'Antarctique – écrivit à sa femme une série d'instructions concernant l'éducation de leurs enfants : elle devait veiller à ce qu'ils ne gaspillent pas leur temps à lire des romans – il fallait au contraire qu'ils acquièrent une information réelle en lisant des ouvrages d'histoire et des biographies de grands hommes.

Cette notion – très répandue d'ailleurs –, qu'il y aurait une différence de nature entre, d'une part, des œuvres d'imagination et, d'autre part, les rapports relatant des faits et des événements, reflète une grande naïveté. À une certaine profondeur, ou à un certain niveau de qualité, tous les écrits relèvent de la création littéraire – ils émanent d'une source commune : la poésie.

L'histoire – contrairement à ce que croit l'opinion – n'enregistre pas les événements. Elle enregistre seulement les échos des événements, ce qui est fort différent ; et, pour ce faire, elle s'appuie sur l'imagination tout autant que sur la mémoire. Livrée à elle-même, la mémoire ne peut qu'accumuler des données dénuées d'objet et de signification. Rappelez-vous le conte philosophique de Jorge Luis Borges, *Funes el memorioso* : Funes est un homme jeune qui, tombé de cheval sur sa tête, se retrouve victime d'une étrange infirmité : sa mémoire devient hyperdéveloppée ; il est privé de toute faculté d'oubli ; il retient tout ; son esprit est transformé en une sorte d'énorme gadoue, un monstrueux déversoir encombré de fragments disparates, d'instants déconnectés ; c'est un gigantesque amoncellement d'images sans contexte ; nul détail n'en peut être évacué, si insignifiant soit-il. Cette capacité permanente et implacable d'absolue souvenance est une malédiction : elle exclut toute possibilité de réflexion. Car la pensée requiert un espace où l'on peut oublier, choisir, effacer, isoler, éliminer, mettre en valeur. Si vous ne pouvez rien rejeter du grenier de la mémoire, vous ne pouvez ni abstraire ni généraliser. Sans abstraction ni généralisation, il ne peut y avoir de pensée.

L'historien ne se contente pas d'enregistrer, il édite, il omet, il juge, il interprète, il réorganise, il arrange, il compose. Sa mission n'est rien moins que « rendre la plus haute sorte de justice à l'univers visible, en portant au jour la vérité multiforme et unique qui en sous-tend chaque aspect ». Mais attention ! Cette phrase que je viens de citer n'est pas d'un historien décrivant sa discipline, elle est d'un romancier célébrant l'art de la fiction : on aura reconnu les premières lignes de la préface que Joseph Conrad écrivit pour son *Nègre du Narcisse* – préface qui est vraiment une sorte de manifeste universel du Roman.

Le fait est que ces deux arts – celui de l'historien et celui du romancier –, issus l'un et l'autre de la poésie, développent une activité semblable et mettent en œuvre les mêmes facultés : mémoire et imagination – et c'est bien pourquoi on a pu dire à juste titre : le romancier est l'historien du présent, l'historien est le romancier du passé. L'un et l'autre doivent inventer la vérité.

Pour atteindre la vérité du passé, les historiens doivent surmonter des obstacles particuliers ; il leur faut rassembler une information dont l'accès est parfois difficile – et dans ce sens, ils doivent tout d'abord maîtriser les méthodes d'une discipline spécialisée. En revanche, pour ce qui est de comprendre la vérité de notre temps présent – celle que nous avons sous les yeux –, il ne s'agit pas là d'un métier réservé aux seuls historiens ; c'est notre tâche commune à tous. Comment nous en acquittons-nous d'habitude ? Pas trop bien, semble-t-il.

Considérons seulement deux exemples – ils sont encore proches de nous et leur seule énormité est sans précédent dans l'histoire : le stalinisme et l'hitlérisme.

Quand nous relisons les écrits des dissidents et des exilés soviétiques et est-européens, nous sommes frappés par un thème récurrent : leur stupeur, leur indignation et leur colère face à la stupidité, à l'ignorance et à l'indifférence de l'opinion occidentale, tout particulièrement de la classe intellectuelle, qui resta largement incapable de saisir la criante réalité de cette peste totalitaire qui affectait l'existence d'une moitié du genre humain. Et pourtant les pays occidentaux employaient de vastes ressources à rassembler de l'information sur les divers régimes communistes, tant en finançant la recherche universitaire, qu'en organisant de coûteux réseaux d'espionnage. Ces énormes efforts ne produisaient guère de résultats. Robert Conquest, un des très rares soviétologues à avoir vu clair dès le début, éprouva d'extrêmes frustrations chaque fois qu'il tenta de communiquer son savoir ; après la désintégration de l'URSS, son éditeur lui suggéra de rééditer un recueil de ses anciens écrits et lui demanda quel titre on pourrait donner à ce volume. Conquest réfléchit une seconde et dit : « Que penseriez-vous de *Je vous l'avais bien dit, foutus crétins* ? »

Chose remarquable, le nom d'*un* écrivain occidental est fréquemment mentionné dans les écrits des grands dissidents des pays de l'Est ; ils lui rendent hommage comme au seul auteur à avoir complètement perçu la réalité concrète de leur condition, jusque dans ses bruits et ses odeurs – et c'est George Orwell. Aleksander Nekrich résuma bien cette opinion : « George Orwell fut peut-être le seul écrivain occidental qui ait réussi à comprendre la nature profonde du monde soviétique. » Czeslaw Milosz et beaucoup d'autres formulèrent un jugement semblable. Et pourtant *1984* est un ouvrage de fiction – une projection imaginaire, avec une Angleterre future comme toile de fond.

L'incapacité occidentale à comprendre la réalité soviétique et toutes ses variantes asiatiques n'était pas due à un manque d'information (celle-ci fut toujours abondante) : ce fut un manque d'*imagination*.

Les horreurs du régime nazi sont bien connues : les criminels ont été vaincus et condamnés ; les victimes, survivants et témoins ont parlé ; les historiens ont rassemblé tous les faits et passé jugement. Une pleine lumière a été jetée sur toute cette époque. Les documents et les archives emplissent des bibliothèques entières.

Dans toute cette immense littérature, je voudrais isoler un petit livre singulièrement troublant, en ceci qu'il repose sur une expérience *extraordinairement ordinaire* : il s'agit des souvenirs d'avant-guerre d'un jeune berlinois, Raimund Pretzel, qui décida finalement de s'exiler en 1938, pour des raisons purement morales. Ce témoignage, signé du pseudonyme Sebastian Haffner, porte – de façon appropriée – un titre modeste : « Histoire d'un Allemand » (*Geschichte eines Deutschen*). Il fut publié de manière posthume il y a quelques années à peine (2000) par le fils de l'auteur, qui en avait découvert le manuscrit dans les papiers de son père, mort en 1999, après une carrière longue et distinguée de journaliste et d'historien.

L'auteur était un jeune homme qui avait reçu une excellente éducation ; fils de magistrat, il s'apprêtait lui-même à suivre cette même carrière ; ses perspectives d'avenir étaient brillantes ; il aimait son groupe d'amis, sa ville, sa culture, sa langue. Toutefois, à l'instar de tous ses compatriotes, il avait assisté à la montée au pouvoir de Hitler. Il ne disposait nullement d'informations exclusives ; simplement, comme tout intellectuel, il lisait les journaux et discutait de l'actualité politique avec ses amis et collègues. Il sentit très clairement que, tout comme le reste du pays, il se trouvait insensiblement aspiré dans un marécage empoisonné. Pour s'assurer une existence raisonnablement commode et exempte de problèmes, chaque citoyen se trouvait constamment amené à consentir à de petits compromis – rien de bien difficile ni de particulièrement dramatique ; tout le monde, à des degrés divers, se trouvait engagé dans ce même processus. Mais la somme totale de ces petites capitulations banales et quotidiennes résultait en une érosion progressive de l'intégrité de chaque individu. Haffner lui-même ne se trouva jamais placé dans une situation extrême, il ne fut jamais directement confronté à des atrocités, il ne fut jamais personnellement témoin d'événements violents ou criminels. Seulement il se sentait mollement enveloppé par l'omniprésente et universelle dégradation morale de la société tout entière. Avec une expérience qui n'était en fait rien plus et rien moins que celle de toute la nation, il lui devint impossible d'éluder la réalité. Et comme il avait la chance de n'être pas chargé de responsabilités familiales, il était libre de ses mouvements : il quitta un milieu qu'il aimait ; il renonça à faire une belle carrière ; il s'exila volontairement en France tout d'abord, puis en Angleterre –

pour sauver son âme. Son recueil de souvenirs – bref, sobre, lucide (et inachevé) – soulève une question terrifiante : tout ce que Haffner savait à cette époque, ses millions de compatriotes le savaient tout aussi bien. *Pourquoi n'y eut-il qu'un seul Haffner ?*

J'ai montré plus haut que les artistes et les écrivains développent des voies alternatives pour atteindre la vérité. Mais, surtout, qu'il n'y ait ici aucun malentendu : je parle de chemins alternatifs vers la vérité ; je ne pense nullement qu'il existerait des vérités alternatives. La vérité n'est pas relative ; par sa nature même, elle est à la portée de tous ; elle est simple et évidente – souvent même, d'une façon qui fait mal. L'exemple de Haffner en est une bonne illustration.

Lors de l'Affaire Dreyfus, le maréchal Lyautey prit parti pour la victime innocente, alors que son propre milieu aristocratique, militaire, monarchiste et clérical aurait pu l'entraîner dans l'autre camp. Comme un comité de dreyfusards dont il était membre voulait s'organiser sous le nom d'*Union pour la Justice*, Lyautey suggéra de prendre, plus modestement, le nom d'*Union pour la Vérité* : « C'est qu'on peut hésiter sur ce qui est juste, pas sur ce qui est vrai[1]. »

Ceci m'amène à ma conclusion. Cette conclusion fut en réalité mon point de départ : lorsqu'on m'avait invité à venir parler sur la vérité, c'était quelques jours avant Pâques. Durant les offices catholiques de

1. Bernard de Fallois, introduction aux *Essais* d'Emmanuel Berl, Julliard, Paris, 1985, p. 13.

la Semaine Sainte, nous lisons à l'église, plusieurs jours de suite, les récits que donnent les quatre évangélistes des deux dernières journées de la vie du Christ. Ces récits contiennent chacun un passage sur le procès de Jésus, conduit par le gouverneur romain Ponce Pilate ; le concept de « vérité » y apparaît dans un court dialogue entre le juge et l'accusé. Le passage est bien connu – mais cette fois, il m'avait frappé de façon toute spéciale, et c'est pourquoi j'acceptai l'invitation à traiter ce sujet.

Les Grands Prêtres et le Sanhédrin avaient arrêté Jésus ; en conclusion de leur interrogatoire, ils décidèrent de le condamner à mort, pour blasphème. Seulement, comme ils étaient maintenant des sujets coloniaux de l'empire romain, ils n'avaient plus le pouvoir de prononcer ni d'exécuter des sentences de mort. Seul le gouverneur romain détenait cette autorité.

Ils mènent donc Jésus devant Pilate. Pilate se trouve placé dans une situation épineuse. Tout d'abord, il y a le problème inhérent à ses fonctions : il est tout à la fois à la tête du pouvoir exécutif et du pouvoir judiciaire. En tant que chef suprême, il est responsable de l'ordre public ; en tant que juge suprême, il doit assurer que les exigences de la justice soient satisfaites. Ajoutez à cela sa situation personnelle : les Juifs le tiennent naturellement pour ce qu'il est – un odieux oppresseur étranger. Et lui, pour sa part, redoute et déteste ces indigènes querelleurs et incompréhensibles qui lui donnent constamment du fil à retordre. Depuis son entrée en fonction, deux fois déjà il y a eu de graves désordres qu'il a maladroitement réprimés – il a même été dénoncé à Rome. Il ne peut plus risquer un nouvel incident. Et cette fois, il pressent un piège.

Les notables indigènes se présentent comme de loyaux sujets de César. Ils accusent Jésus de rébellion : c'est un agitateur politique qui engage le peuple à refuser de payer l'impôt, et qui défie l'autorité de César en prétendant qu'il est lui-même Roi. Si Pilate ne le condamne pas, c'est Pilate lui-même qui se montrera coupable de déloyauté envers César.

Pilate interroge Jésus. Naturellement, il trouve son idée de royaume spirituel plutôt fantaisiste, mais parfaitement inoffensive. D'ailleurs l'accusé ne paraît ni violent ni fanatique ; il a de la prestance, il s'exprime sobrement. Pilate est favorablement impressionné par sa tranquille dignité ; il lui devient bien vite évident que Jésus est entièrement innocent des crimes dont on l'accuse. Pilate le répète plusieurs fois : « Je ne trouve aucune faute chez cet homme. » Mais les accusateurs exigent sa mort, et l'évangéliste ajoute qu'en entendant les hurlements de la foule « Pilate fut plus effrayé que jamais ». Pilate a peur : il ne veut pas avoir une nouvelle émeute sur les bras – ce serait la fin de sa carrière.

Au cours de l'interrogatoire, comme Pilate questionne Jésus sur ses activités, celui-ci lui répond : « Je suis venu en ce monde pour témoigner de la vérité. Quiconque appartient à la vérité écoute ma voix. » À quoi Pilate réplique : « La vérité ! Mais qu'est-ce donc que la vérité ? » Il est lui-même un homme éduqué, un Romain cultivé ; il a voyagé, il a vu le monde, il a lu les philosophes ; à la différence de cet homme simple, de ce charpentier provincial, il sait qu'il y a bien des dieux et bien des croyances sous le soleil…

Attention cependant ! Chaque fois que les gens s'interrogent « mais qu'est-ce donc que la vérité ? » – en général, c'est parce que la vérité est juste sous leur nez, mais il serait fort incommode d'en convenir. Et aussi, à l'encontre de sa conviction intime, Pilate cède à la volonté de la foule et lui abandonne Jésus pour qu'on le crucifie.

Le problème pour Pilate n'était pas de déterminer si Jésus était innocent. Cette question-là était facile à trancher. Non, le vrai problème est que, en fin de compte – comme nous tous, la plupart du temps –, la vérité était devant lui, mais il a préféré s'en laver les mains.

Memento mori

Méditation de Carême

Vous vous affligez à l'idée de devoir quitter cette vie ? Les choses pourraient être pires – Swift l'a bien montré. Arrivé à Luggnagg, Gulliver apprend l'existence d'« Immortels » au sein de la population locale : de temps à autre, un enfant naît, qui porte au front une marque ronde, signe certain qu'il s'agit d'un « Struldbrugg » – un individu qui ne mourra jamais. Le phénomène n'est pas héréditaire, mais accidentel – et rarissime. Gulliver est émerveillé : ainsi il y aurait des humains à qui serait épargnée l'angoisse inhérente à notre condition ? Quelles richesses morales et matérielles – trésors de savoir, d'expérience et de sagesse – ces Struldbruggs ne doivent-ils pas accumuler au cours des âges ! Devant son enthousiasme, ses hôtes ne peuvent dissimuler un sourire. En effet, s'il est vrai que les Struldbruggs sont immortels, cela ne les empêche pas de vieillir ; après quelques centaines d'années, ils ont perdu leurs dents, leurs cheveux, leur mémoire, ils peuvent à peine se mouvoir, ils sont sourds et aveugles, ce sont des créatures hideusement rabougries (surtout les femmes), cependant que l'évolution naturelle du langage les prive de toute communication avec les nouvelles générations – et ainsi, étrangers dans leur propre monde, accablés de toutes les misères de la vieillesse, ils se survivent indéfiniment dans une désolation hébétée. Aujourd'hui, les progrès de la médecine moderne ont multiplié les illustrations de cette vision prophétique.

L'autre jour, reprenant le *Journal* d'Albert Speer, je suis tombé par hasard sur un curieux passage. Dans la dix-septième année de son incarcération à Spandau, Speer note : « Aujourd'hui je lis dans *Pères et fils* de Tourgueniev un propos qui paraphrase mes récents calculs (pour tromper son accablant ennui, Speer élaborait des variations mathématiques sur le temps qu'il lui restait à purger) : “En prison, dit-on, le temps coule encore plus vite qu'en Russie.” Comme le temps devait s'être ralenti en Russie à cette époque ! » Or justement, je venais moi-même de relire *Pères et fils* – le passage en question exprime une idée exactement inverse. Tourgueniev décrit un homme d'âge mûr qui, le cœur brisé après que sa maîtresse l'a quitté, regagne la Russie ; « n'attendant plus grand-chose ni de lui-même ni des autres », il vieillit dans la solitude et l'ennui ; « dix ans passèrent ainsi, des années mornes et stériles, mais elles passèrent avec une effroyable vitesse. Nulle part le temps ne *vole* comme en Russie ; en prison, dit-on, il vole encore plus vite. » Tourgueniev dit clairement que, dans le vide des jours, le temps passe comme un éclair. Mais pour Speer, homme jeune encore et d'une grande vitalité, l'inaction forcée de la prison était une torture ; spontanément il interprète le propos de Tourgueniev comme une façon ironique de dire : le temps passe lentement en Russie, presque aussi lentement qu'en prison.

Dans *L'Homme cet inconnu*, Alexis Carrel analyse la distinction entre le temps solaire des chronomètres et du calendrier, immuable et extérieur à l'homme, et le temps intérieur, différent pour chaque individu, et différent chez chaque individu, d'un âge à l'autre. Ainsi, dans notre enfance, une année dure infiniment, car elle déborde d'un foisonnement d'événements physiologiques (croissance) et psychologiques (absorption ininterrompue d'informations et d'impressions neuves).

Avec l'âge, ces stimulations s'appauvrissent (Evelyn Waugh se lamentait sur la difficulté de trouver de nouvelles idées de roman : « Passé quarante ans, rien de ce qui nous arrive ne nous laisse plus d'impression. ») – et il en résulte une accélération du temps, qui s'engouffre dans le vide ainsi créé.

À l'âge de soixante-dix-neuf ans, Tolstoï observait dans son *Journal* que seuls les enfants et les vieillards vivent la vraie vie : les premiers ne sont pas encore soumis à l'illusion du temps, et les seconds s'en dégagent enfin.

Effectivement, en fin de vie, nous sommes comme le laveur de vitres qui tombe du centième étage d'un gratte-ciel : la vitesse de sa chute s'accélère, mais, tant qu'il n'a pas heurté le pavé, il reste isolé dans un vide intemporel.

Nous ne cessons de nous étonner du passage du temps : « Comment ! hier à peine, ce père de famille chauve et moustachu était encore un gosse en culottes courtes ! » Cela montre que le temps n'est pas notre élément naturel. Imagine-t-on un poisson qui s'étonnerait de la mouillure de l'eau ? C'est que notre vraie patrie est l'éternité ; dans le temps nous ne sommes que des visiteurs de passage.

N'empêche, c'est dans le temps que l'homme construit la cathédrale de Chartres, peint le plafond de la Sixtine et joue de la cithare à sept cordes – ce qui inspira la fulgurante intuition de William Blake : « L'Éternité est amoureuse des œuvres du temps. »

Table

Du même auteur :

*Les Propos sur la peinture du moine Citrouille amère**, traduction et commentaire du traité de Shitao (IBHEC, Bruxelles, 1970 ; Hermann, 1984, 2000 ; Plon, 2007)

*La Vie et l'œuvre de Su Renshan, rebelle, peintre et fou** (UER Asie Orientale, université Paris VII, 1970) (Prix Stanislas-Julien, Institut de France)

Les Habits neufs du président Mao (Champ libre, 1971 ; Gérard Lebovici, 1987 ; LGF, 1989)

Ombres chinoises (UGE 10/18, 1974 ; Laffont, 1976, 1978)

Images brisées (Laffont, 1976)

La Forêt en feu (Hermann, 1983, 1988)

Orwell ou l'horreur de la politique (Hermann, 1984 ; Plon, 2006)

La Mort de Napoléon (Hermann, 1986 ; Plon, 2005)

L'humeur, l'honneur, l'horreur (Laffont, 1991)

L'Ange et le cachalot (Le Seuil, 1998 ; Points-essais n°480, 2002)

Essais sur la Chine (Laffont, « Bouquins », 1998)

Protée et autres essais (Gallimard, 2001) (Prix Renaudot essai)

Les Naufragés du Batavia suivi de *Prosper* (Arléa, 2003 ; Points Seuil, 2005)

La Mer dans la littérature française, vol. 1 : De François Rabelais à Alexandre Dumas ; vol. 2 : De Victor Hugo à Pierre Loti (Plon, 2003)

Les Idées des autres (Plon, 2005)

Traductions :

*Shen Fu, Six récits au fil inconstant des jours** (Larcier, 1966 ; Christian Bourgois, 1982)
*Kuo Mo-jo, Autobiographie – Mes années d'enfance** (Gallimard, 1970)
*Lu Xun, La mauvaise herbe** (UGE 10/18, 1975)
*Confucius, Entretiens** (Gallimard, 1987)
*Jao Tsong-yi, Peintures monochromes de Dun-Huang** (École française d'Extrême-Orient, 1978)
Chen Jo-hsi, Le préfet Yin (Denoël, 1980)
Richard Henry Dana, Deux années sur le gaillard d'avant (Laffont, 1990 ; Petite Bibliothèque Payot, 1995)
The Analects of Confucius (Norton, New York, 1997)

Illustrations :

Jeanne Ryckmans, Les deux acrobates (Seuil-Jeunesse, 1998)

* Ouvrage publié sous le nom de Pierre Ryckmans.

Composition réalisée par PCA

Achevé d'imprimer en février 2009 en France sur Presse Offset par
Maury-Imprimeur - 45330 Malesherbes
N° d'imprimeur : 144424
Dépôt légal 1re publication : mars 2009
Librairie Générale Française – 31, rue de Fleurus – 75278 Paris Cedex 06